指尖跳过的日子

石冬梅　著

敦煌文艺出版社

图书在版编目（ＣＩＰ）数据

指尖跳过的日子 / 石冬梅著. -- 兰州 ：敦煌文艺
出版社，2020.8（2022.1重印）
　　ISBN 978-7-5468-1956-3

　　Ⅰ. ①指 … Ⅱ. ①石 … Ⅲ. ①日记－作品集－中国－
当代 Ⅳ. ①I267.5

　　中国版本图书馆CIP数据核字（2020）第 166872 号

指尖跳过的日子

石冬梅　　著

责任编辑：赵　静
装帧设计：孟孜铭

敦煌文艺出版社出版、发行

地址：（730030）兰州市城关区曹家巷 1 号新闻出版大厦

邮箱：dunhuangwenyi1958@163.com

0931－8152172（编辑部）

0931－8773112　0931－8120135（发行部）

三河市嵩川印刷有限公司印刷

开本　710 毫米×1000 毫米　1/16　　印张 15　　插页 1　　字数 200 千

2020 年 9 月第 1 版　2022 年 1 月第 2 次印刷

印数　301～2 300

ISBN 978－7－5468－1956－3

定价：42.00 元

序　言

石冬梅

　　喜欢动笔，当感谢师范在读时，教我《文选与写作》的老师胡玉玺先生。现在想想，学生时代的自己，日记也罢，作文也罢，远没有同班同学的文采和构思，可偏偏就受到了胡老师的青睐，一次又一次在作文课上被当作范文。从教许多年之后，我渐渐明白了老师的良苦用心，他硬是用"赏识教育"，让当年的"丑小鸭"拥有了自信，拥有了挑战自我的勇气。现在，我不仅喜欢动笔，喜欢阅读，喜欢音乐，喜欢运动，更喜欢我有这么多的喜欢。不期然间，就会被生活的美好所感动，幸福着我的幸福，快乐着我的快乐。

　　"热爱"的种子已在我身上开花结果，而且根植内心。故，书中文字皆因"情动而辞发"，是"我手写我心"的真实体现。我采用日记体的形式记录，一是因为线索清晰，二是想表达这样一个观点：只要有心，你就会发现生活日日不同。这种不同不会在我们的记忆中留存太长时间，而记录，却让这种不同成为永恒。该书中由我自己撰写的十二万字，将成为我生活的镌刻，印存在记忆的长河里。

　　书中有些日记有题目，有些没有题目，因为很多文字都是随心而生，随性而起，没有经过太多的策划与斟酌。即使那部分有题目的日记，好些也是在后期审核的过程中，为了方便读者阅读而添加上去的。那些最终也没有题目的文字，确实是一时想不到合适的言辞概括，但窃以为内容尚可一读。

目 录

Contents

石冬梅作品

2月26日　星期天　晴

2017 年的春天

2017 年，农历二月初一，正值初春。

早起上班，迎面而来的春风颇有料峭之意，但毕竟是春天了，心里暖意融融。

推开二年级一班教室的门，我微笑而进。孩子们齐声问好："石校长好！"我笑着摇摇头："从今天开始，你们不叫我'石校长'，要称呼我'石老师'。我，是这学期教你们语文课的石老师。"瞬间，孩子们表情各异，有愣住的，有面露怯意的，当然也有乐呵呵的。那两个坐在墙角的胆大的男孩，甚至来了一个"欧耶"的手势（但我不能确定他俩的真诚度有多少）。

简单地讲了包书皮的要求，简单地了解了之前任课老师的学习要求，简单地布置了今晚的作业——将第一课的朗读语音传到班级 QQ 群，之后，我将教室交给了年轻的班主任。一切，从简简单单开始吧。

走出教室的那一刻，反观内心，起初的担心等一些消极情绪没有了，想到以后时不时会听到那一声声稚嫩的"石老师"，快乐在心头洋溢……

他日，一些琐碎的消极情绪会再生，但我会用此刻的感受、此刻的目标与之抗衡！

2017，孩子们，我们在"17"（一起）。"17"学习，"17"成长，"17"享受彼此的陪伴！

2月27 星期一 晴

第一节是语文课，但因为学校的总体安排，我上的是《安全第一课》。

下午第二节课，依然是我的课——语文活动。进了教室，我先给孩子们朗读了杨红樱的童话——《会走路的小房子》的第一章节，然后就昨晚的语音作业进行反馈：表扬了按时完成作业的孩子，现场检查了没有提交作业的9个孩子的课文朗读。为了激发他们的学习热情，我现场播放了第一位和最后一位交作业的孩子的朗读语音。倾听结束，孩子们争相评价。不管是褒还是贬，这两个被播放了录音的孩子始终笑意盈盈。我猜，这是被关注的快乐吧。

回到办公室，一个叫丁雪梅的女孩尾随而至，两只手各举着一个大苹果。

"老师，这两个苹果送给您。"

"为什么送给我啊？"我故意问道。

"因为这是我家乡的苹果，甜甜的，想让您尝尝。"

这个回答是我没想到的，不禁为小姑娘的机灵点赞。暗自想想，今天我似乎没有表扬她啊，她对我的好感是从哪里来的呢？

管他呢，先尝尝大苹果再说。咬一口，好饱满的汁水，好甘甜的汁水。是心理作用吧？我悄悄地笑了。

晚上，布置了"相约八点半"的讲故事作业。今晚第一个讲故事的小朋友是胡佳颖（她是我今天表扬的第一个孩子，所以给了她"第一个讲故事"的奖励）。在众人的期待中，20：30到了，胡佳颖却丝毫没有出现的迹象。出什么状况了？等，等，等，一直等到20：43，胡佳颖还是没有任何消息。无奈之下，我在群里呼救："救场如救火，有没有哪个小朋友勇敢地救个场？"一个标明"马兆蔚"的语音雪中送炭："我给大家讲个故事。"哎呀！谢谢你，我的孩子，要不老师可就要亲自出马了，那该多尴尬啊！第一次搞活动就"掉链子"。

马兆蔚的故事刚讲完，胡佳颖的音频就传到了群里："老师，同学们，对不起。我今晚去看生病的奶奶，回家迟了。非常抱歉，让大家等那么长时间。我现在给大家补着讲故事吧！"原来如此，众人表示完全可以谅解。

等孩子们听完两个故事，我抛出一个话题：说说你喜欢故事中的哪个人物？为什么？

为了激励他们，我说："交流发言的名额只有 10 个，10 个名额用完，咱们就休息。"

此话一出，小朋友们的竞争性被激发出来了，你一言我一语，呼啦啦 10 个名额就用超了。数一数，发言人数达到 23 人，用时 11 分钟，超额完成任务。

看看表，已是 21：16，我宣布："活动结束，都去睡觉！"

21：55，我看到一个叫王国安的孩子还在传语音，也不知道他说了什么。我还有别的活呢，时间不能全用在小家伙们身上啊。只能临睡前听了。

晚安，我的世界。

2 月 28 日　星期二　晴

今天晚上临时有事，八点半还没有赶回家里，于是我通过手机，安排家长主持今晚的"相约八点半"听故事活动。讲故事的小朋友是段雅菲，主持话题讨论的是段雅菲的妈妈。

听完故事，段雅菲的妈妈抛出的话题是："那个穷人为什么会被饿

死？"孩子们纷纷发表自己的见解。

因为在外面，不方便听语音，所以在孩子们讨论的过程中，我是隐身的。回到家，我一一听了孩子们的发言。看看时间已迟，不能再给孩子们评价了，所以我打算明天早晨再和孩子们一起听听这个故事，让他们再交流一次，看看有没有常听常新的感觉。

另外，我发现一个问题，今晚参与讨论的还是昨晚的那些孩子。怎样调动没有发言的孩子的积极性？我得想想办法。

晚安，我的世界。

3月1日　星期三　晴

昨天是段雅菲这个胆小的小丫头讲"相约八点半"的故事。故事讲得不错，一点也没有当初我布置给她这个任务时的犹豫与胆怯。其中有几句还讲得特别有感情，听得我不由得笑了。我突然想到，对这些胆小、内向的孩子来说，家可能是朗读课文、阅读故事的好场所，是一个可以让他们完全放松的环境，陪伴在身边的又是最熟悉的亲人，所以他们可以毫无顾虑地勇敢地展示自己。谢谢这个小丫头给我的启发。

今天下午，我跟教导处要了二年级一班上学期的成绩单，以了解孩子们的学习基础。从上学期的成绩中，我看到学困生的数目足有十个，最差的一个只考了35分。明天我要特别关注这十个学生，探究到底是什么原因造成了他们的学习困难。

3月2日 星期四 晴

按照教研室的安排，今天的空堂时间，各校组织全体语文教师参加远程学习，由人教版的教材编辑们针对部编版教材开展培训。

倾听的过程中，我欣喜地发现，主讲老师的观点和我的想法不谋而合——家庭是最适合孩子阅读的地方，因为它轻松，因为陪伴在身边的人是最亲的人。

更令人开心的是，主讲老师教给我们一些很好的亲子阅读指导方法，并且阐述了每种方法的作用，恰好解决了我的所需：1.读一读。可以自读，可以听录音朗读，可以父母读给孩子听，还可以和他人分段读。读，是最基本也是最常用的方法。编辑老师特别讲到了"父母读给孩子听"这种方式。父母抑扬顿挫、饶有兴致地朗读文学作品，是培养孩子阅读兴趣和专注力的好方法，也是融洽亲子关系的好方法。关系大于一切，有了良好的亲子关系，孩子更容易安心、静心地做事。2.说一说。家长和孩子互动交流时，可以提一些开放性的问题，比如：猜一猜接下来会发生什么故事呢？你说得很对，你是从哪儿看出来的呢？他做得对吗？如果是你，你会怎么做呢？3.演一演。有些故事特别适合表演，孩子可以和家人一起分角色表演。表演可以大大增强孩子对阅读活动的兴趣，提高孩子语言、动作的表达能力，加深对阅读材料的理解，还有利于父母与孩子之间建立民主、平等的关系。

部编版教材中设置了新板块"和大人一起读"，这个板块对教师提出了更高的要求。教师既是活动的策划者，又是活动的指导者，比如提供主题、提供交流的话题。主题可以根据节日，根据教科书内容，根据突发事件等确定，以能激发学生的阅读兴趣为宗旨。

听着编辑的话，我突然就想到马上就是"三八"节了，下一周的"相约八点半"，我要让孩子们读一组和母爱有关的故事。那么，端午节，我们就可以读一读和这个节日相关的故事、传说、古诗……

坐在多媒体教室里，听着、想着，构思着自己的教学，谋划着自己的课堂，内心好幸福。真的，一种很真实的幸福充盈着我的内心，生活好像一下子光亮起来，我和孩子们的未来那么清晰地展现在眼前——共同成长。

这就是学习的力量吧。学习，可以让我们时时感受到生活变化的美好，让我们时时感觉自己处于一种崭新的挑战当中。生活每天都是新的，而非简单的重复。

学习，永远在路上！

3月3日　星期五　阴有雪

今天是星期五，下午我们召开了学期初家长会。

在家长会上，我和家长们分享了我的观点：家长的优秀决定了孩子的优秀。

首先，我给家长们朗读了一篇短文《父母才是孩子真正的起跑线》。

莫言曾说："每个孩子的优秀，都浸透着父母的汗水。"我们总在羡慕"别人家的孩子"，何不反思一下自己能不能成为"别人家的父母"？

其他父母周末带着孩子去图书馆、博物馆、艺术馆的时候，有的父母在带孩子玩"吃鸡"、打"王者"；其他父母正以身作则带孩子绘画、读书、培养兴趣爱好时，有的父母边打着麻将、玩手机，边赶孩子去学习……

一位智者曾说："孩子的所有问题，百分之百是父母的问题。"父母是原件，家庭是复印机，孩子是复印件。父母的一言一行、一点一滴都会进入孩子的潜意识。

都说不能让孩子输在起跑线上，其实父母才是孩子真正的起跑线。

我们无法选择拥有怎样的父母，但能努力让自己成为怎样的父母。

为人父母，让自己脱颖而出，成为有格局、有能力的人，把自己的素养、见识传给子女，是对孩子最好的爱和祝福。

接着，我用一个又一个实例证明这个观点的真实性。

开完家长会回到办公室，我即刻着手在班级群里建了几个相册，分别命名为"课堂上的孩子们""活动中的孩子们""作业中的孩子们""家庭中的孩子们"。为何如此？有人说，一张图片胜过百字千言，我想用图片的方式给孩子们的童年留下清晰的印记。若干年以后，当他们打开相册，不出我所料的话，这应该是一份珍贵的回忆。更重要的是，我要用这种方式带着家长学会如何有效地陪伴孩子。

相册建好以后，我先发了几张我拍的照片，然后提示家长们完成"家庭中的孩子们"的照片上传。好几个家长很快就将照片传上来了。我选择性地进行了点评，意在引导他们上传有价值的、能传播正能量的场景。

一张一张翻看着这些照片，我为孩子们的开心而开心，为孩子们的幸福而幸福，为自己的灵光一现而骄傲。

多好啊，在生命的长河里，我能与这些孩子相伴一段时光。

3月4日　星期六　阴有雪

《朗读者》，我们在一起

听了好姐妹的介绍，今晚，我坐在电视机前等待董卿主持的《朗读者》第三期开播。

第三期的主题词是"选择"。当看到麦家谈自己和儿子的对立时，我在班级群里疾呼（周五的家长会上，我已向家长们推荐过这档节目）："抓紧看，抓紧看，最好的家庭教育！"麦家先谈到年轻时的自己与父亲对立，然后谈到儿子与自己的对立，几次红了眼眶，声音哽咽。董卿随即追问："您想过没有，或许是您当年与父亲的关系才造成了后来您与儿子的关系？"麦家不语。

我在群里发言："父母的一言一行将对孩子的一生产生深远的影响！一生啊！"

师浚哲的家长跟道："父母是原件，孩子是复印件！"

随着节目的推进，我和家长们的交流也在继续。

我："麦家说得真好，'读书就是回家'！对孩子是如此，对我们成人也是如此。无论喜怒哀乐，拿起书，感觉就会不一样。"

张涵悦的家长说："'让书带你回家，让书给你心安，让书修炼你的翅膀'，这句话说得那么有道理，那么有生活气息。"

第二位朗读者是徐静蕾。之前看了主持人对她的一段访谈，我预感到她的朗读会适合孩子们，于是发出号召："徐静蕾的朗读一定很感人，让孩子也坐下，静静地听一听吧！"

孙中人的家长被打动了："《奶奶的星星》，应该买来看看。"

我说："童年很短暂，珍惜孩子的童年吧！如果有一天，你想陪伴孩子，而孩子已长大，不需要你的陪伴，留给父母的就是终生的遗憾了。"

赵伦的家长说："读书就是回家。让我们和孩子一起爱上读书，让我们一起陪伴孩子成长。"

为了强化家长陪伴孩子的意识，我又谈起了自己的感受："就像我现在，一年365天，能见到自己孩子的时间也不足50天。等他大学毕业，相见、相伴的日子会更少。羡慕你们能天天与孩子在一起。所以要好好珍惜，好好珍惜一家人在一起的日子。"

岑炜东楷的家长说："对呀，有时候孩子太黏人，嫌他烦。有时候他关起门，自己一个人，不让我进去时，我就突然觉得其实是家长更依赖孩子。咱们对孩子多一点耐心吧！"

赵伦的家长说："石老师，我们会听从您的教导，会珍惜和他们在一起的每分每秒。不管怎样简陋的房子，只要那是家，只要有那份亲情在，它就比任何地方更豪华，更舒适。"

这样的语言简直就是大作家的风范，我毫不掩饰地向赵伦的家长表示了高度的欣赏："'不管怎样简陋的房子，只要那是家，只要有那份亲情在，它就比任何地方更豪华，更舒适。'说得太精彩了！您也是一名作家！"

……

就这样看着、聊着，节目很快就到了尾声。

董卿的结束语说完，我也开始了 QQ 群的结束语："董卿说'希望我们做出在日后回想不会后悔的选择'，让我们用这句话共勉。我今天这样付出，是为了以后当我回想起和孩子们这一段相伴的时光，哪怕它很短暂，我也不会后悔。"

接着，我又向两位家长表示了感谢："牛劲妈妈、胡佳颖妈妈，谢谢二位及时拍照，留住了这么动人的文字。"（她们将朗读的内容拍下来并发至群里和大家一起分享。）

正要说再见，岑炜东楷的家长又发来对《朗读者》这档节目的介绍，于是我再次致谢："谢谢您的用心。这真的是一档非常好的节目。上一期节目的主题词是'陪伴'，各位家长可以上网搜索视频，相信那一期节目会给您更多的启发和思考。"

这下可以结束了。我说："因为有各位家长的陪伴、交流，这是一个非常美好的夜晚。谢谢你们的跟随！各位晚安！"

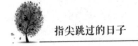

不料，屏幕上又弹出两个内容，一是文字，一是图片。

岑炜东楷的家长说："之前有同事建议我给孩子看看，我没放在心上。今天一看，真好，孩子也特喜欢。真心感谢石老师对孩子们的付出！"

王思语的家长分享了《朗读者》第二期的视频。

这态度太让我感动了，于是我继续啰唆："瞧瞧，多好的家长啊！太贴心，太周到了！我们二年级一班的团队，因为有了你们这些出色的家长，孩子们也会更出色！"

欣赏是具有神奇力量的，眼看已经22：01，家长们还是乐此不疲，以至于影响了小朋友，一个叫李思颖的小女孩发出语音，表达对我推荐这档节目的感谢之情。小朋友更需要关注，于是我热情鼓励："哈哈，小思颖，这会儿你的声音对老师来说就是世上最美的声音。"

这下可以说拜拜了吧！

哦，不，有人发言——张涵悦的家长说："其实石老师不只是在教我们的孩子，更是在教我们做家长的，好多问题都是出在我们做家长的身上，很值得我们反省。"

一语道出我的心声，必须共鸣："说得好啊！父母是孩子最好的老师，一对好父母胜过十个好老师。"

可以开心地休息了。

晚安，我的世界。

3月5日　星期天　晴

选　择

早上九点出门，去驾校练车。

在庙滩子换乘时，想再感受一下未知之路。

前几天换乘都是按教练说的转144路公交车。昨天看到85路过来，我便上了车，只因看到终点站是"天昱凤凰城"，知道那里离练车点不远，就想探索一下是否可以顺利到达目的地。等车到了终点站，向路人询问我的目的地"宇泰嘉园"的方位，碰巧一个小姑娘和我同路，我俩便边说边往前走，几分钟就到了。意外地发现了一条捷径，万分惊喜！因为还想尝尝此中滋味，于是今天想再次探索，再次感受"未知"的魅力。

83路来了。我看了一下终点站"江南明珠"，脑海中一番搜索，好像之前的路途中没有见过。不管了，上车再说，拉到哪里算哪里。

一路前行，越走越陌生。终点站到了，下车，左右观望，确定已经到达完全陌生的地点后，只能问人了。一个大姐告诉我："宇泰嘉园？离这儿远了！你得原路返回，在九州花园那一站下车，换乘85路就可以。"我不甘心，再问人，人家摇头说："不知道。"没办法，只能乘坐回返的83路公交车。问司机，司机到底是"活地图"，"哦，坐两站下车，然后顺着左边的大坡上去就到了。"

OK！

好长的坡，而且因为是土路，不时有风吹来，尘土飞扬，才走了一会儿，我的鞋就被浮土掩盖得面目全非了。当我气喘吁吁、灰头土脸地站在教练面前时，约定的时间整整过了30分钟。

对于今天的选择，起初我有些后悔，尤其是在爬坡的过程中。看看表，练车的时间已经到了，不由得埋怨自己："你以为老有好运伴着你呢？让你探索，这次就探索个够！如果坐 144 路或 85 路，没有任何悬念会按时到达，而且哪条路都比这一条轻松，比这一条干净！以后还是少些新奇，少些创新，中规中矩、按部就班吧。"可转念一想，如果我不做这样的选择，就不会生出后悔之意吗？不！我依然会后悔！后悔过于保守，没有勇气乘坐 83 路感受未知，只会机械地不断重复每天的熟悉路线，我甚至会在后悔中想象 83 路沿途的美妙风景。所以，不管怎样选择，要找后悔的理由，都会不止一条。那么，换个角度吧——今天的选择不是很理想，但依然魅力无限，比如我终究还是找到了一条到达目的地的新路；比如整个过程中，我好奇心满满，对前程总是充满期待；比如我一路问过的那些路人，无一例外地向我传递友好；比如爬坡中大汗淋漓的畅快，是最佳排毒法啊……是的，过程充实而精彩。

生活中，我们总会在不确定的时间内面临大大小小的选择。我想，在选择的时候问问内心，如果自己做出的选择是心甘情愿的，那么不管最终结果如何，我们都应无怨无悔、坦然面对。因为最重要的不是结果，而是身在其中的过程。

对短暂的人生来说，任何一种经历都是值得我们珍惜的财富与收获。

3 月 6 日　星期一　晴

妈妈，我爱你

21：15，正在和明天要参加新秀比赛的老师磨课，儿子突然打来电话。

不是周末，怎么会打电话？我心里一个咯噔。

像往常一样，我摁掉电话，给他打过去："儿子，怎么了？"

"妈，你在干什么？"

"明天有老师参加比赛，我在帮她准备课。"

"在家吗？"

"是的。今天怎么打电话？有什么事吗？"我奇怪而忐忑地追问。

"没什么，就想给你说句话。"

说句话？多么重要的话啊？估计这回是要巨款了吧！我心里暗自嘀咕，但嘴上一声不吭。怎么也得让儿子先开口。

"我想说：'妈，我爱你！'"

啊？什么？听错了吗？但我随即明白事出有因，于是装作自然地说："收到，我也爱你！"稳定稳定激动的情绪，我问儿子："今天怎么突然想说这句话给我听了呢？"

"今天我们上课，老师讲到亲情，讲得特别好，于是我就想给你们说这句话。"

"哦，是老师拨动了你内心深处的琴弦。看来今天的课讲得很精彩了。"

"是啊，老师讲得特别好！"儿子的声音依然透着未平息的激动。

能让20岁的儿子这么激情满满、迫不及待地给我们表达他内心喷涌的情感，老师的课讲得有多精彩已然可知。忽然之间，我对自己的教师职业肃然起敬，同时无比自豪。

"妈，爸在吗？"看来他还要给爸爸表达一下，我还以为这句话专属于我一人呢。

"爸爸在楼下，你给他打电话吧。"

"我知道了，这就打。拜拜！"

挂了电话，我有点做梦的感觉，又觉得像看了一场电影。刚才那些镜头，

应该是曾经在电影里看到过的……

我是不是也应该找个机会给父母说说这句从来没有说过的话呢？可惜，说不出来了。

年轻多好啊！只要想做就可以去做。

但愿我们永远年轻！

3月7日　星期二　晴

春雨

下雨了！

出门时刻意没有打伞，任凭带着微微凉意的雨丝飘落发梢、脸颊、手心……

听，"沙沙沙，沙沙沙"，她的脚步越来越近了。"随风潜入夜，润物细无声"，说得多好。刚开始，不带一丝声音，慢慢地，慢慢地，声音响了，可又不是夏雨的那种猛烈，而是轻轻地，柔柔地，犹如一首舒缓平稳的乐曲，让人心平如镜。

微风轻轻地吹过，一股清新、幽香、淡雅的泥土气息迎面而来。那一刻，我完全融入了大自然中，出神地看着淅淅沥沥的春雨。春雨像一位魔术师，把雨滴变得多姿多彩，如牛毛，似蚕丝，又像是断了线的珠子……"嘀嗒嘀嗒"，那雨滴落在每一片树叶上，每一丛草上，每一把泥土里，都变成了奇妙无比的琴键。无数的雨丝飘飘洒洒，轻快柔软，像手指演奏出优雅乐曲中的每一个音符。

看，小草被春雨唤醒了，掀开了厚厚的棉被，钻出了黑黑的泥土，露出了小脑袋，贪婪地吮吸着甘露，享受着春风的爱抚，一株株变得多精神，多娇嫩，多翠绿！柳树也抽出了嫩嫩的枝条，那细长的柳枝多么像仙女长长的秀发，正随风飘扬呢。那晶莹剔透的小水珠就像一个个活泼可爱的小精灵，它们跳跃着，欢呼着，在枝叶儿上打着滚，翻着跟头。

大街上湿漉漉的，马路上也闪闪发光。一辆辆汽车飞驰而过，雨不停地轻轻敲打着车窗，似乎在提醒驾驶员"下雨路滑，不要开得太快啊"。街上的行人渐渐多起来，尤其是多了背书包的孩子们。他们走着，说着，笑着，空气中充满了孩子们特有的快乐。

春天，来了，真的来了！

该是踏青的时候了，去哪里呢？邀谁去呢？一瞬间，我的心也如春雨滋润后的小草钻出地面，迫不及待地想跨进春天。

不似以往，匆匆赶路，我以散步的悠闲速度尽情感受春雨的浸润。抬头看着灰色的天空，内心异常轻松、快乐——春天来了！我不仅看到了她，触摸到了她，更感受到了她。

一年之计在于春。我问自己：又是一个播种的季节，你会在今年播下怎样的种子？种瓜得瓜，种豆得豆，想好了就下地吧，相信每一粒种子都会在岁月的长河里开花结果。

3月8日　星期三　晴　天气大好

遇　见

【事件背景】

3月7日，我去54中礼堂参加城关区教育局"智慧家庭教育大讲堂"培训，由教育局专程邀请的全国知名家庭教育专家、山东省潍坊市高新区清平小学的武际金校长担任主讲。培训接近尾声时,武校长拿着话筒扫视全场后询问:"有没有老师愿意从今天起写工作日记或亲子日记?连续坚持 100 天就算胜利!"最终站起来两位教师,我是其中之一。

醒来,随手拿起手机,看到 00:16 的时候,武校长将我拉进了"家校合育共同体学校群"。也就是说,在 3 月 8 日这一天,我将翻开自己新的一页,成为武校长教师群的一员。更重要的是,我要履行承诺:从今天起,坚持 100 天,天天写 300 字左右的工作日记。

在群里,我看到很多熟悉并且令我尊敬的名字,他们或是我的朋友,或是我曾经的同事,或是我在不同的培训班里认识的同学……总之都是一个战壕里的战友,奋斗在"教育"这条战壕里的亲爱的战友。能和他们一起行走在"家校共育"这条路上,我倍感荣幸!

其实这学期开学的第一天,我就已经开始用文字记录自己每天的工作了,这也是我昨天在那么多人面前站起来的主要原因。我想,既然我已经写了,不如借此平台展示给专家看看,展示给同行看看,让大家给我一些更直接的指导和更宝贵的建议,促我成长,何乐不为?

这学期,因为带了一个班的语文课,在跟孩子们接触的短短一个星期中,我一直在做家长的工作,想出各种办法调动家长参与教育的积极性和主动性。上周星期五的下午,恰逢学校家长会。在与家长坦诚交流之后,这周星期一,我从孩子们的作业中明显看到了家长的变化——对孩子教育的重视,我的内心也因为看到了教育的希望而充满了喜悦。我希望能给予我的家长们持久的家庭教育动力。昨天听了武校长的讲座,我知道,也相信,跟随武校长,就可以实现我的愿望。

感谢 2017 年 3 月 7 日,一个美好的日子,让我与武校长有了遇见之缘。

3月9日　星期四　阴转晴

三八妇女节

昨天晚上布置的语文作业是"用行动为妈妈送上一份礼物，然后把你的行动写下来"。

雅菲的妈妈在等待孩子礼物的间歇，在QQ群里发了这样一句话："菲菲这会儿一个人在厨房，全程不让参观，我听见好像有切东西的声音。记忆中好像没让她切过什么，好期待，也好担心！"

雅菲妈妈的感受一下子触动了我，让我产生了一个新的想法，即刻，我在QQ群里发出倡议："给妈妈们布置一个作业，自愿选做：把你们今晚的感受写下来发给我，明天我找时间读给孩子们听，让他们感受你们的感受，幸福你们的幸福，让他们知道成长的快乐与责任。"

今早上课前，我共收到七份家长作业，文字有短有长，字字饱含真情。

上课铃响了。走进教室，我先问孩子们："昨天是怎么给妈妈过节的呀？你做了什么事？"孩子们很兴奋，一个个站起来汇报。有画画的，有扫地的，有洗碗的，有炒菜的……听起来一个比一个能干。其实他们做了什么，我昨晚从家长们传到QQ群相册里的照片中已经知道了。之所以让他们在全班同学面前站起来汇报，是为了加深他们做事的幸福感。

看他们说得差不多了，我故意卖关子："你们昨天的礼物，妈妈一定非常喜欢。那你们知道妈妈们昨天收到礼物的感受吗？"孩子们异口同声："很高兴！"

"知道吗？收到你们的礼物后，妈妈们给你们写了一封信。不过，不是所有的妈妈都写了信。但我相信，所有的妈妈都像写信的妈妈一样爱你

们，爱自己的孩子。"

孩子们一个个睁大眼睛，专注地看着我。我知道他们在想什么。

"下面，我们来听信吧！老师把每一封信都读给你们听。"

教室里安静极了，要扮演"妈妈"的我，突然有了一种朗读者的神圣感。

依次读完了七封信，浓浓的母爱充溢在教室的每一个角落。作为朗读者的我被信中至亲至深的母爱深深感动；作为听众的孩子们也被妈妈们的挚爱深深感动，有几个小朋友忍不住趴在桌上哭起来。读完信，我才宣布写信人是谁。当听到自己的名字时，收到信的小朋友啊，小脸像阳光般灿烂。所有的信读完，我再次告诉孩子们，即使没有收到妈妈的信也不要失望，因为所有的妈妈都像写信的妈妈一样深深地爱着自己的孩子。

中午吃饭的时候，我跟田校长聊起了这件事。聊着聊着，就说到了本学期举办家长学校的事。本学期，我们计划每月举办一次家长学校培训班。受场地限制，每期只能来一部分家长，所以我们决定根据每期的主题邀请相应的家长参加。主题的确定及培训班的一些细节事宜将在下周与班主任们一起商讨。

家校合育，助力成长。为了孩子，我们携手前行！

附：妈妈们写的信

【雅菲妈妈】

今天是三八节，回家的路上，臭宝说要给妈妈一个惊喜。我心想，你能给我什么惊喜呢？没准儿回家就忘了！

可回到家里，你不让妈妈进厨房，不让去卧室，还不让上卫生间，只准在客厅等待。看你认真的样子，妈妈心里偷偷地笑：这孩子！会给我什么惊喜呢？

好几次，妈妈都在厨房门口偷看，你没发现吧？嘿嘿！不过呢，你保密工作做得好（厨房门关得严）！我什么也没看见！但是我听见你好像在切什么东西，你竟然在使用菜刀！妈妈好担心啊！记忆中，妈妈好像从来都没让你使用过菜刀，你可千万别切到手啊！

你在厨房里鼓捣了半个小时，妈妈也担心了半个小时，看到你终于从厨房出来，端给我一盘你做好的水果沙拉，妈妈好激动呀！本以为你只是给妈妈削了水果，没想到你竟然做成了沙拉，更没想到你还搭配了火腿肠！味道不错哦！这是妈妈吃到的世界上最美味的沙拉了！

宝宝，你长大了，其实你会做好多事情，只是妈妈老觉得你还小。今天你让妈妈看到了不一样的你，希望在以后的日子，你能给妈妈更大的惊喜（比如改掉你边写作业边玩的坏毛病）。

【静瑶妈妈】

瑶瑶，妈妈的好宝贝。从你来到这个世界上，这是妈妈头一次给你写信。一直以来，你都是妈妈的小帮手。今天看着你在厨房里洗筷子的身影，妈妈真的很感动。我突然发现我们瑶瑶长大了。其实你以前老帮妈妈收拾碗筷，扫地，照顾弟弟，给弟弟穿衣服、讲故事。是妈妈做得不够好，有时候会朝你发火。有了弟弟，妈妈有时会忘了你还是个孩子，也需要照顾。妈妈在这里向你道歉，希望你原谅妈妈。妈妈其实真的很爱你。妈妈保证以后再不吼你，也希望你认真独立完成作业，开心快乐，健康成长。

【安平妈妈】

苹果，妈妈今天真的很开心，虽然你把地板拖得越来越花，洗过的碗筷妈妈又悄悄地洗了一遍！但是妈妈的心里比吃了蜜都甜！宝贝儿！妈妈平时不爱说话，但是妈妈心里满满的都是你，你是妈妈的希望，你是妈妈的曙光！妈妈不希望你有多大的作为，只要你开心、快乐、健康就好！

【佳颖妈妈】

佳颖，今天是个好日子——三八妇女节。在放学回家的路上，你给我说："妈妈，今天是天底下所有妈妈的节日，我要帮妈妈做一件妈妈最开心的事情。"我问是什么事，你说："暂时保密。回家后，我要给你一个惊喜。"一进家门，我准备做饭，你说："妈妈，晚上咱们吃饺子。妈妈你准备好一切，我来帮忙。"我说："小祖宗，你做你的作业。"你说："今天我要给妈妈惊喜。"你偷偷地来到厨房，非要闹着包饺子，看着我的样子，把面皮拿到手上，然后放入馅，对折。看着你那认真的样子，我真没想到你会包饺子。你说："妈妈，我看你平时就是这么做的。你还把我当小孩，我已经长大了。"我好感动。

【艺轩妈妈】

石老师您好，我是小艺轩的妈妈，这是她第一次为我洗脚。看着她的小手为我搓脚，我心里既感动又难过，瞬间觉得她真的长大了、懂事了。满满的幸福感，让我很是欣慰！同时也谢谢石老师对她的教诲。谢谢您！

【宇萌妈妈】

乖女儿，妈妈今天好感动，谢谢你的礼物。很欣慰你长大了，真的长大了，你能勇敢地面对一切，和妈妈一起承担别人没有承担过的事。你的勇敢让妈妈更坚强了，让妈妈看到了新的希望！女儿你要记住，你是最棒的！在你成长的过程中，妈妈会一直陪伴你，和你一起面对困难，一直到永远，永远   我爱你，我的宝贝！

【晓易妈妈】

晓易，今晚的你真的让妈妈刮目相看。像变魔术似的，一瞬间你就长大了，长大的速度令我如在梦境。非常感谢老师对你的教育。我不会说华丽的语言，谢谢我的宝贝帮助妈妈干活，妈妈会百倍地爱你，你是妈妈的希望。你要继续努力加油！妈妈永远爱你！

【中人妈妈】

我亲爱的宝贝，原来你在不知不觉间已经长大了。这学期，妈妈放手让你每天独自去上学，每天我从窗户里看着你小小的背影那么坚强，妈妈有担忧也有欣慰，担忧的是小小的你真的可以独自安全到达学校吗？欣慰的是我的小男子汉已然长大了！开学一周多了，现在看来，我的担忧是多余的。每天你到校给妈妈报平安说："妈妈，我到校了！"这时妈妈提着的心才能放下！

宝贝，虽然妈妈有诸多的担忧，但我也深知只有妈妈放手才能让你学会独立，你才能长成真正的男子汉！

宝贝，你总问我："妈妈，你爱我吗？你最爱的人是谁？"以前我总是故意逗你，说爱筱筱妹妹。但今天妈妈告诉你：我爱你，你是我心里永远的NO.1。谁也取代不了你在妈妈心里的位置！宝贝儿，快快长大吧！长大了才能帮妈妈挡风遮雨！才能独自去看更广阔、美好的世界！

【兆蔚妈妈】

今天我很开心，女儿长大了，不再是那个整天黏着我的小屁孩了。她能独立地完成一件事。虽然整个洗碗的过程用了二十五分钟。但从这个过程中，我看到了女儿那张稚嫩的小脸上洋溢的认真和满足，我的内心充满了幸福感。谢谢你，我的臭女子。

【彤彤妈妈】

今天是一个值得纪念的日子，彤宝贝真的是很暖心！

看着你系着围裙洗锅的可爱模样，妈妈心里有种酸酸的感觉，突然觉得很对不起宝贝儿，在你最需要妈妈陪伴的时间却不能陪你。意外之下，今天竟赶上了这个特别的日子，你送给了妈妈一个惊喜，一份最美好的节日礼物。妈妈好开心啊，谢谢你，宝贝！

在你成长的道路上缺少了爸爸妈妈的陪伴，可你仍然知道我们的艰辛。虽然你性格内向，不善言辞，可是妈妈知道我的宝贝心里什么都明白。像今天一样，你的举动很让我惊喜！

你告诉我，你最近还学会了扫地、擦桌子、洗袜子和红领巾。我觉得你突然懂事了，加油！

虽然你不是第一次洗锅，但在妈妈的节日里，你依然给了我感动。

妈妈以后一定要争取挤出时间多陪伴你，努力争取在你的身边见证你的成长。我唯一的愿望就是你能开开心心学习，健健康康长大！

【洋洋妈妈】

妈妈今天是幸福的，我的"小棉袄"虽然内向、不爱说话，也不善于表达，可我了解你的想法。你是个善良、聪明、懂事的孩子，今天你就用行动证明了自己，棒棒哒！

妈妈希望你以后多说话，多表达，那么优秀的你为什么不让大家认识和了解呢？

或许有时妈妈对你很严格，可这何尝不是为了你有更大的成长和进步！以后的路有多长，有多不可预知，现在的你还不能理解，就让我们陪着你，慢慢长大！

宝贝，今天妈妈谢谢你！谢谢你的理解和祝福！妈妈爱你。

【悦悦妈妈】

悦悦，妈妈非常感谢你送的礼物，透过贺卡，妈妈仿佛看到了你做贺卡时用心思考、认真作画的小模样，并且不管是外面的包装盒，还是里面的小装饰，这张贺卡都是你自己独立完成的，这一点让我惊喜。

另外，我还有一大发现：从贺卡的装饰小书签上，我看到了你对美的追求。你注意到了事物的美，还把它做出来了，这是妈妈最意外的。你一天一天地长大，也一天比一天有进步，有了自己的想法。妈妈也要紧追你的步伐，做一个一天比一天好的妈妈。

宝贝，我们一起加油！我永远爱你！

【元阳妈妈】

阳宝：

我亲爱的儿子！时间过得真快啊！我记忆中那个调皮而又腼腆，时常被人误认成女孩的小暖男快8岁了。

中午，当我拖着疲惫的身体回家后，刚一进门就看见你放下筷子冲过来，给了我一个大大的拥抱和亲亲，说："祝妈妈节日快乐！"并且让我坐下来闭着眼睛休息，不许睁眼，而你却钻进厨房要给我准备惊喜！妈妈一边忐忑地期待着，期待着宝贝的礼物，一边担心你会不会被烫到，会不会切到小手，会不会打不开火……各种担心奔进脑子，好几次我都想冲进厨房抱你出来，但最终，我想起老师的话——"放手"。我极力控制自己不看厨房，不想你。

当你终于拉着我走到餐桌前，让我睁开眼时，妈妈激动的心情无以言表！烤肠、可乐、鲜花，搭配得如此完美，这是妈妈吃过的最美味、最幸福的一顿饭。原来妈妈的担心真的是多余的，你一直被妈妈小心地呵护着，我以为你什么都不会，原来我的宝贝真的已经长大了，总是能给妈妈带来惊喜！谢谢你儿子！

每天，妈妈都催促着你快点、快点、再快点，然后你总是拖拖拉拉地应付着我的催促，我的火气越来越大。为了让你把字写得好看一点，妈妈更是失去了所有的耐心。可无论我怎么责备你，永远都是你主动给我一个拥抱，永远都是你先原谅我，永远不抛弃妈妈。其实，妈妈看得出你真的很努力，也真的想把字写好，只是妈妈太心急，以至于总觉得你对学习不够认真。静心想一想，你的优点是那么多，你那么懂事，那么孝顺，那么善良。还记得今年过年时，我让你选择是回昆山看爷爷奶奶还是去三亚旅行，你毫不犹豫地说要去看爷爷，你说："妈妈，爷爷身体不好，一直在生病，当然要去看爷爷。"你知道吗？当时妈妈有多欣慰啊。

以后，妈妈一定会拿出最大的耐心陪你练字，因为妈妈的字也写得不怎么样。相信只要我们母子努力，就一定会有成果，我们娘俩一起进步，好吗？

最爱你的妈妈：微远

【园园妈妈】

亲爱的宝贝女儿：

你好！

从你来到这个世界上，妈妈还是头一次给你写信。每天的朝夕相处，妈妈一直扮演着"碎嘴婆"的角色，你做事不当的地方，妈妈便会唠唠叨叨地指责你，让你厌烦。但妈妈从来没有想到用写信的方式来表达自己。这种方式能够让妈妈理性地回顾你的成长，梳理你的每一次进步和身上存在的问题。今天，妈妈很高兴用这种方式对你说说想说的话。

从你出生的那天起，妈妈就希望你成为诚实、守信、有仁爱之心和富有责任感的人。这些要求，妈妈好像从来没有面对面和你谈起过，因为它们太概念化。但与这些概念相关的诸多要求却被妈妈反复提起。比如，妈妈从来都要求你不要撒谎，无论事情有多么严重，要回家跟妈妈商量，总会有解决的办法，跟同学、老师等人撒谎会让别人看不起。错了就是错了，不要为了掩饰错误而犯更大的错误。又比如，妈妈也曾经不断跟你说，答应别人的事情一定要做到，做不到的事情就一定不要答应别人，这就是守信用，这一点你一直履行得非常好。坚持这样的做人品格，将会为你赢得有魅力的人格，会得到周围人的尊重和喜爱。还比如，妈妈总是说要宽容别人。这个世界上，每个人都不是完美的，总是有这样或那样的缺点。你是，妈妈也是。孔子说："己所不欲，勿施于人。"如果同学们因你的缺点都不理你，你愿意吗？所以你应该宽容别人的缺点，多看别人的优点，从每个同学身上寻找闪光点去学习。这样坚持下来，你自然就会宽容、仁爱，跟他人友好相处，同时也会不断地提升自身素质。有关责任感，妈妈也多次提及。做事不能虎头蛇尾，要有始有终、善始善终。学习是一个学生必须尽最大努力做好的事情，要有责任心，不能马虎。

宝贝，你已经是小学二年级的学生了。一晃，小学六年很快就会过去。妈妈希望你能珍惜这六年的学习时光，勤奋学习，成为一个优秀的人。

给老师的话：石老师，您好！我是园园妈妈，感谢您对孩子们的精心付出，今天我正好有点时间，所以我也用写信的方式跟孩子沟通一下。我这个妈妈做得有点不称职，为了工作而疏忽了对孩子的教育，今后，我一定会紧跟您的脚步，参与到孩子的成长中来。

3月10日　星期五　阴

远亲不如近邻

下班回到家，已快七点。

按门铃，我家先生开门。瞅瞅厨房，晚饭准备停当。换鞋，洗手，准备好好犒劳自己已经饿得咕咕叫的胃。

刚坐定，先生的电话响了。接完电话，他一边急急忙忙地穿衣服，一边对我说："六楼小毛的老婆心脏病犯了，让我赶快下去看看。小毛还在外面办事，一时回不来。"

"救人是大事，快去快去。"

"你自己先吃吧，不等我。"他嘱咐道。

"赶紧走！"

一会儿，先生上来了，说："我已经叫了全文（也是邻居）开车，挺

严重的，必须上医院抢救！"

"把钱拿上！"我提醒着。

先生拿钱出门，我紧随其后。

刚到六楼，只见和儿子差不多大的一个小伙儿背着小毛媳妇，她一边呻吟一边往地上滑去，手脚抽搐，舌头也长长地伸出来。担心送人民医院来不及，我对先生说："赶紧上骨伤科医院，人民医院怕是太远了。"

先生说："知道了。"就从那个小伙子背上接过小毛媳妇，背着就朝车库大步走去。

快九点时，先生打来电话："你别担心了，抢救很及时，没有危险了。这会儿小毛也赶过来了。主要原因是贫血导致供血不足、浑身抽搐。没什么大问题的。"

十点，先生回来了，一边吃饭，一边讲在医院的情况。吃完饭，他又给小毛打电话，问液体输得如何，一切是否正常。小毛说一切都好，让我们放心。

看着先生，我夸奖道："远亲不如近邻！好样的，小伙子！"

3月11日　星期六　雪

躺在床上做教育

哈哈，躺在床上做教育。

睁开眼睛，看看表，7：56。怎么这么早？昨晚想着怎么也得睡到早上十点钟，抓住双休日好好补个觉，让这个星期忙碌的身体好好休整休整。闭上眼，继续睡，但的确睡不着了。看看窗外，不见一丝阳光，这样的阴天让人缺少了起床的勇气。就这样躺着吧。如此想着，手自然就拿起手机，开始"卧床阅读"。

浏览完公众号、朋友圈，打算看看昨晚"相约八点半"孩子们讲故事、议故事的情况。进入班级 QQ 群，看见娇娇的妈妈在 6：58 的时候分享了一篇题为《孩子只要做到这些，整个小学阶段都会很受益》的家教文章。在窃喜家长成长之余，我也从自己刚才阅读的文章里挑选了三篇分享到群里，其中一篇就是武校长今早分享的《为什么孩子会有攻击性语言》。最后附上温馨告知："从早晨的阅读中挑选了几篇文章推荐给大家。利用休息日，家长朋友们可以充充电。"有家长立刻回应："石老师辛苦了！""谢谢石老师！""为了我们的孩子，您周末也不得休息。您辛苦了！"我统一回复："大家不用客气，举手之劳而已。何况我也从中学到不少，如果对你们也能有所帮助的话，我会开心。"

年轻的班主任小王被我们吵醒了吧？她发出了昨天"班级漂流阅读"的书目统计，一本一本，书名和数量统计得清清楚楚，可是一件辛苦活啊！我不由得赞叹："好认真、好踏实的年轻人！"

得让家长也懂得感恩，所以我在群里公开表示对班主任的感谢："感谢充满爱心、认真负责的班主任！把大家发的书目一本一本，用笔一一统计出来，书名和数量丝毫未错，是一件很辛苦又极需耐心的事。我替孩子们谢谢亲爱的班主任王老师。"

到底是成人，一下子就明白了我的意思，家长们纷纷向班主任表示谢意。楷楷的妈妈说："漂流阅读更能激发孩子们的阅读兴趣，孩子已经激动得不行，恨不能现在就把家里所有的书都拿去跟同学们分享。真的非常感谢老师们为孩子们做的这一切！作为家长，我们一定和孩子共同进步。"

我在心里悄悄说："迫切期待你们的进步！"

附：班主任《漂流阅读倡议书》

二年级一班"漂流阅读活动"倡议书

亲爱的同学们：

阅读不能改变人生的长度，但可以改变人生的宽度。阅读不能改变人生的起点，但可以改变人生的终点。

如何让知识流动起来呢？让你的书参加漂流阅读吧。一点星光是微弱的，但是满天星光就会照亮我们的旅程。一本书微不足道，但是你一本、我一本，就能汇成知识的海洋。

漂流阅读是指同学们将自己的书投放于班级，每人一本，互相提供给同班同学阅读。读者阅读之后，在精美的"漂流卡"上填上自己的名字和阅读时间，最后用简短的话表达自己的读后感，再传递给下一个读者。新读者不仅能品味到书香，更能感受到你的读后所想。

家长们，同学们，让我们一起加入漂流阅读活动吧！用自己的双手推动书本的风帆，让书香漂流到二年级一班的每个角落，浸润每个孩子的心灵。

【活动说明】

1. 请每一位家长本周末为孩子准备 3 本有质量的好书。

2. 每本书的漂流时间为一周。

3. 为防止丢失，漂流书籍不要带回家，早发晚收。

4. 请家长用钢笔在每本书上写上自己孩子的名字。

5. 请孩子们用彩色卡纸制作一张"阅读漂流卡"，纸面大小比自己的书略小一些，以表格的形式列出"漂流时间""阅读人""你的感受"。精美装饰后，固定在书籍的扉页。最后看看你为多少个同学带去了阅读的快乐。

6.今晚家长们小窗私聊我，说一说自己的书目，我统计之后告诉家长们情况。尽量避免大家多次重复买某一本书。

3月12日　星期天　大雪

这是一个令人兴奋的星期日！

早上一起来，就收到同事贺老师给我发来的他们班的家长朗读作品。她告诉我："把这个朗诵发到你们班级群里，让家长打开，里面就能看到下载方法。这是一款简单又实用，还高大上（有很多配乐）的朗诵软件。家长、孩子都会喜欢！"

"哪里发现的好东西？"我好奇地问。

"这是我们班邱福林的爸爸提供的！家长资源无限量，需要我们开发利用！"

"你是怎么利用的？"

"让家长建立一个微信读书群，QQ群可以留着发通知、布置作业！要不群里活动太多，大家刷屏，影响家长接收通知哦！再选一个能干的家长建群、管理群，你就轻松啦！"

好建议！我立刻开始行动。

先把朗诵软件发到群里，然后开始铺垫："家长朋友们，这是一款非常好的诵读软件。诵读的时候有文字显示，有配音选择。我校有班级已在使用，深受家长和孩子们的喜欢。请您下载使用。"

接着步步深入："另外有个想法，想请家长给咱们建立一个微信读书群，这个QQ群留着发通知、布置作业。要不群里活动太多，大家刷屏，影响家长接收通知！有哪位家长朋友愿意建群、管理群？家长管理群时不

用担心，所有老师都会相助。"

在解释让家长牵头的理由时，我完全使用了武校长的理论："为什么要家长来建群、管理群呢？铁打的营盘流水的兵，对这个班来说，只有家长和孩子是不变的，是铁打的营盘。而老师是流水的兵，今后的几年中，根据工作需要随时可能调换。让家长来建群、管理群，正是为了不管老师如何变化，孩子们的活动不受任何影响。"

等了片刻，群里丝毫没有动静。又等了一会儿，还是寂静无声。于是，我加大"马力"："为了自己的孩子，为了全班的孩子，期待您的出现！期待您的出现！期待您的出现！这可是积德积福的好机会啊！有意愿的家长私聊我。先到者先得。千万别错过与老师亲密接触的机会。别错过哦！"

武校长说："只要以孩子的成长为目的开展活动，最终都会成功的！"的确如此，在我的千呼万唤下，终于有家长自告奋勇了！建群、管理群，他包揽了。为了让我放心，他说："石老师，我会尽力，应该问题不大。还有黎思彤妈妈，她更关心这事。我们两口子一起管。"

到晚上"相约八点半"读书活动开始的时候，全班56个孩子，已经有68位家长加入了微信群，活动如期开展。人心齐，泰山移！

这真的是一个令人兴奋的星期日！

3月13日　星期一　阴

今天的听课、议课教研活动结束之后，我插了一个题外话，说到了昨天自己建立班级读书群以及使用朗诵软件的事情。几个在我之前已经开始行动的语文老师，见我聊到此话题，话匣子一下打开了，即兴谈了自己使用该软件的感受与收获，言语之间的那种喜悦，足以证明此项活动开展的成功指数有多高。陈亲辉老师说："我们班的家长比孩子还积极。西丽的妈妈已经展示朗读六次了，还嫌不过瘾。雅丽凯的妈妈说：'这样的朗读我们都喜欢，更别说孩子了！'"……

接下来，她们几个又将自己如何鼓励家长建群、管理群的经验毫无保留地传授给老师们。最后，我郑重强调：一定要找一个有威信、有热情、有想法的家长来负责群的管理。

说到家长参与朗读的时候，有老师提到自己运用了三口之家一起朗读的方式，当时温馨和谐的家庭氛围感染了听众，群里一片喝彩声。我能想象当时热烈的场面，但我更想到了单亲家庭的孩子在那一刻的感受。

记得上周受白银路小学董校长开展的"故事爸爸"活动的启发，我也想在班级引入"故事爸爸"。倡议一发出，就有家长私聊我："石老师，我们家庭特殊，孩子爸爸在他一岁时就出车祸不在了，所以在'爸爸讲故事'活动中，尽量不要问他有关他爸爸的事。他从来不想让别人知道，他一直告诉别人他爸爸上班很忙的，所以尽量照顾一下他的情绪。谢谢了！"家长的话警醒了我！

班上家庭特殊的孩子应该不止这一个吧？面对二年级的孩子，如何在这样的家庭活动中尽量少地触及他们的伤痛，减少对孩子的伤害呢？我一时想不到适当的方法，所以"故事爸爸"也暂时搁浅。想不到在班级亲子朗读活动中，这个课题又摆在我们面前，不得不思考。

我知道，孩子迟早要面对现实。如果是高年级的学生，或许我不会有这么多的顾虑。可是面对那些低年级的稚嫩生命，我总担心他们还没有足够的力量去承担命运的残酷。如果我们毫不掩饰地触及他们内心深处的伤痛，他们真的可以面对吗？作为孩子们信赖并依赖的老师，到底可以为这些单亲家庭的孩子做些什么，以弥补家庭的缺憾呢？

我们的讨论引发了田校长的感慨："教育的问题随时产生，常有常新，

所以，我们教育人永远在路上。"

是的，教育人永远在路上……

3月14日　星期二　阴

午时来电

中午吃饭的时候，我接到一位家长的电话。一番自我介绍后，我知道了她是荣荣的妈妈，小学三年级文化水平。她有两个儿子，荣荣是老大，小儿子今年两岁。她告诉我，今天打这个电话主要是为了说一声"谢谢"。还没等我问："谢什么？"她便自顾自地在电话那头滔滔不绝："这几天我一直在看老师转发的亲子日记，有好几篇都是两个孩子的妈妈写的。读了之后，我感觉那就是在写我对荣荣的教育。因为两个孩子都是我带，所以我一着急就没有耐心了。当他做事出问题时，我根本没有耐心给他讲道理，不是打就是骂。一年级的时候，骂他、打他还起作用，可上了二年级，越骂越打越不像话，后来干脆对学习没兴趣了，上学期还差点考个不及格。我心里急啊，可又想不出办法。再加上他弟弟小，我也确实没精力顾及他了，就想着任其自由发展吧！"她极力控制着自己的情绪，但我明显听到了哽咽声。是啊，育子的过程是艰辛的，对这些进城务工人员来说更是加倍艰辛。

停顿了片刻，她接着说："从您开始转发亲子日记和家庭教育的文章，我就天天看。再听听群里家长们的讨论交流，我才知道孩子这样的情况全是我这个不合格的妈妈造成的。从上周开始，我试着改变对他的教育，再生气都不发脾气，尽量给他讲道理。以前回家，没什么事，他不和我说一句话。现在，他一回家就开始给我说学校的事情，比如老师表扬他了，同学讲了个笑话，体育课干了什么……写作业比原来主动多了，字也写得好看多了。"

"那就好。你继续坚持这样教育，他的进步会更大。"我鼓励她。

"一直都想打电话说声谢谢，可又怕打扰您，而且也确实没有给老师打电话的勇气。我没文化，在人面前没怎么说过话。"

我连忙说："不客气，都是为了孩子。能帮到你我也挺开心。"

又寒暄了几句，挂了电话，心里暖暖的。

想想这些日子，我不过是做了知识的搬运工——把武校长转发的亲子日记转发给家长，把搜集到的家庭教育文章转发给家长，没想到在这样短的时间内就取得了这样大的收获。我想，这就是武校长的智慧所在，用亲子日记的文字力量让家长教育家长，让家长感染家长，让家长影响家长。

当家长都动起来了，我们做教师的幸福指数肯定会上升，那么，每天的工作，我们也会微笑面对了吧？老师微笑了，孩子就会微笑了吧？

3月15日　星期三　阴转晴

最重要的，是改变自己

这两天胃不舒服。吃，没胃口；睡，不踏实。今天早上上了两节课，听了一节课，所以到中午的时候，已经觉得很疲劳了。吃完午饭，我想在校园里稍微走走就去休息室休息。

准备上楼的时候，口袋里的手机一阵接一阵地震动，谁呢？拿出手机一看，有好几条未读微信。打开微信，哦，是家长在给我留言——伦伦的妈妈发给我一篇今天写的亲子日记——

今天中午，我儿子回家，我早就把午饭准备好了，对儿子说："我们等会儿再吃饭。"儿子也表示同意。

我拿起手机，打开后看到您发的孩子们听写词语的情况。一开始我没看到儿子的名字，就对儿子说："你能不能写好点？这些词语都是周末听写过的呀。"当时我真的想发火，但想到武校长的话，我忍住了，告诉自己不能发火。过了一会儿，儿子打开手机说："妈妈你看，石老师发的图片里面有我的名字。"我和儿子都高兴坏了，我亲了儿子一下。儿子说他以后要好好学习，好好写字，好好阅读，天天向上。看到他自信的样子，我真的很高兴，也很自信。正如您说的："真正自信的父母，总是思考如何做最好的自己，让自己成为孩子的骄傲。"让我们为孩子们加油，也为自己加油！

我一阵喜悦，一番鼓励："这么主动改变自己的妈妈，是孩子的榜样。榜样的力量是无穷的！就这样坚持下去，您会发现自己的变化会令自己吃惊。像您这样的家长太让人喜欢了！"

随即，我将家长主动写的第一篇亲子日记转发到了班级群里。没想到更大的惊喜在等着我，茹茹的妈妈告诉我，她已经坚持写亲子日记三天了！而且是一个字一个字用笔写出来的！我赶紧鼓励她抽空将文字变成电子版的，这样转发起来容易，可以更多地启迪其他家长的智慧。她爽快地答应了。

因为我和她的聊天是在群里进行的，家长们都看到了，所以到下午的时候，陆续有三个家长把自己写的亲子日记发给了我。其中一位妈妈给孩子写了一封长长的信，希望我抽时间读给孩子听。

还有，还有，学校的老师也开始写工作日记了。

一切的一切是不是在向我证明：先改变自己，才有可能去改变别人？同时证明的还有：越努力，越幸运！

现在，晚上"相约八点半"的班级读书群已经不需要我了，家长和孩子们完全担起了这个责任，有主持的，有统计发言人数的，有制造气氛的……若是哪个家长遇到困难，他们便充分发挥"一方有难，八方支援"的团队协作精神，直至问题解决。

家校携手，教师轻松，何乐不为？

【附意外收获】

今晚，南河小学的杨东升校长在群里分享了他们学校高云老师的几篇工作日记，日记中提到了我。

高云老师的工作日记（一）

3月7日　星期二　阴

2017年3月7日，宁卧庄学区的许多老师来我校养正录播室听"智慧家庭教育大讲堂"培训实况。学校也要求没课的老师去录播室听讲座。第三节课我没课，便拿上业务笔记本去了录播室。原本我是为了配合学校的工作，对这项培训并没有多大兴趣，可是坐下来听了几分钟后，我突然很后悔第一节没课时没来听讲座，因为这位来自山东的名叫武际金的校长讲得太好了。他的讲座很接地气，没有高深的大道理，就讲在家校共育中的一些具体做法和取得的效果，却是那么耐听，那么耐人寻味。

下午没课时，我和几位同事聊起武校长的讲座，听了讲座的同事都对他赞不绝口，大家一致认为武校长是一个拥有教育情怀、充满教育智慧的人。在我看来，武校长智商高，情商更高，因为他把准了学生、家长和老师的脉，知道他们最需要什么，从而有的放矢，取得了良好的教育效果。

作为一名教师，我佩服武校长的教育智慧，更渴望能从武校长的讲座中获得启迪，用学生、家长都喜欢的方式去教育、引领和帮助他们，让家

长变得更会爱孩子，让孩子变得更懂事。

高云老师工作日记（二）
3月8日　星期二　晴

3月8日一大早，我的同事胡晓英一进办公室就问我："高云，你认识石冬梅吗？她是哪个学校的？""石冬梅？太熟悉了，大砂坪小学的副校长。2014年在北京参加为期一周的名师培训，我俩住一间房。怎么了？你怎么想起问她了？"一听我不光认识，而且很熟悉，胡老师便兴奋地说："昨天学校派我去五十六中听'智慧大讲堂'的讲座，给我们培训的武校长讲完后，问在座的老师们，谁能像他一样，坚持写100天的家校共育日记，请站起来。当时只有两位老师站起来，其中一位就是石冬梅。""真的吗？"我接着说，"我挺佩服石冬梅的，她真有勇气！"说完，我俩就各自上课去了。

早上快放学时，我拿出手机，想看看群里有没有通知，无意中在好友动态里看到了石冬梅发的一篇日志《遇见》。我知道，这是她做出承诺后的第一篇工作日记。认真拜读完她的日记后，我不由得想：如果那天我也在武校长的讲座现场，在武校长问出'谁能坚持写100天的工作日记'后，我会不会站起来？思来想去，我觉得自己不会，即便我有可能坚持写工作日记，但当着那么多领导和老师的面，我肯定不会站起来。因为第一，我怕大家审视的目光；第二，我怕自己万一做不到怎么办。如此看来，石校长比我强，最起码她比我有魄力！

高云老师工作日记（三）

3月14日　星期二　阴

我已经关注石校长的QQ动态好几天了。3月12日，石校长在日记中写了她与同事共建读书群的事。周一早上，我给石校长打了电话，请她把"为你诵读"的朗读软件链接发给我，因为我自己在百度上查了一下，朗读软件很多，我不知道哪一款更适合学生。石校长欣然允诺，并且马上加了我的微信，还将朗读软件的链接和打开的页面图及打开方式发给了我。

晚上回到家，我正在琢磨这个软件的用法，就收到了杨校长给我发来的"为你诵读"的链接及石校长当天的工作日记。我知道校长的意思是希望我向石校长学习，也能在自己的班上建立读书群。如果做得好，还可以发动全校这样做。杨校长在微信中对我说："每天写日记记录下来，看能坚持多久。"说真话，写工作日记对于我来说并不是一件难事，但是每天写日记，我觉得确实是一个挑战。我不敢保证自己一定能坚持下来，但校长这么说了，我只好勉强地回答："好，我试试。""久久为功，坚持不懈！"听了校长的鼓励，我给自己打气：不就是每天写工作日记嘛，咬咬牙，没准儿就坚持下来了。

光说不练假把式。当晚，我就在班级QQ群里发了这样一则消息："家长朋友们，最近我的朋友给我推荐了一款非常好的诵读软件——为你诵读。诵读的时候有文字显示，有配音选择。有些学校已在使用，深受家长和孩子们的喜欢。为了'朗读者'活动能在我班顺利开展，请您也下载使用。

"另外我有个想法，想请家长给咱班建立一个微信读书群，'少年强则国强'这个QQ群留着发通知、布置作业用，要不群里活动太多，大家刷屏，会影响家长接收通知哦！

"有哪位家长朋友愿意建群、管理群？家长来管理群不用担心，我会协助。

"为了自己的孩子，为了全班的孩子，期待您的出现！期待您的出现！期待您的出现！这可是积德积福的好机会啊！有意愿的家长找我私聊。先到者先得。千万别错过与老师私聊的机会啊！"

我的这则消息，基本上是剽窃石校长的，只不过石校长是分几次发出去，我是一气呵成而已。没想到，几分钟后，我班刘浩的爸爸跟我私聊说："高老师看我行吗？考察考察。"我马上高兴地说："好的。"不一会儿，我班樊金海的妈妈跟我私聊说："高老师，咱们五年级三班有微信群，群里有57位家长，平时我们家长就用这个群互相联系。"真没想到，我们班竟有微信群，只是我不知道罢了。很快，樊金海的妈妈把我拉进了班级微信群。在向群里的家长们问了好之后，我马上把校长发给我的"为你诵读"的链接发到了群里，并快速地发了两条消息："请各位家长按我发的链接先下载'为你诵读'这个软件，自己先揣摩和实践一下它的用法。我刚才试了试，挺好用的！有范读，有录音。只有咱会用了，才方便教孩子使用。

"我想，从明天开始，咱就在这个群里开展朗读活动。大家群策群力，先给咱们这个朗读活动起一个好听的名字吧！"

很快，巩子剑的爸爸就有了回应——"腹有诗书气自华""悦读圈"。

虽然其他家长没有给朗读活动起名，但令我欣慰的是，从22：00到23：40，很多家长都下载了"为你诵读"的软件。

截至今晚21：55，我已经在班级微信群里看到了46条朗读信息、19条评价信息。

"这真是一个令人兴奋的夜晚！"借用石校长的话，我想以此来表达我此时激动的心情。

一口气读完杨东升校长转发的高老师的三篇工作日记，我赶紧回复："杨校长，其实我那天也是鼓足了勇气才站起来的，主要是为了挑战自己，2017，给自己一个成长的机会。"

　　我是这么说的，也的确是这么想的。但令我没想到的是，我的行为居然也在悄然改变着别的老师。如此看来，"坚持写 100 天的工作日记"这个庄严承诺，我必须坚持下去！

3 月 16 日　星期四　晴

　　今天学校里发生了一件事。

　　五年级有一个男孩早上来上学，可是到早上第三节课的时候，所有给他们班上课的老师都没有看到这个孩子。班主任与学校安全办取得了联系，学校发动老师寻找孩子，结果从厕所里找到了这个男孩。经过调查发现，什么事都没有发生，但老师们都不明白，他为什么不进教室上课，宁肯在厕所待上几个小时。

　　经过和孩子沟通，才知道他是因为对学习实在没有兴趣，才不进教室上课的。老师告诉我们，他已经三天没来上课了，昨天和家长沟通后，家长今天早上把他送到了校门口，看着他进了校门，家长才离开。可没想到，他竟做出了这样的举动！

　　为什么会这样？

　　这位班主任带这个班已经五年了，对情况很了解。这个孩子的爸爸妈妈都很忙，平时根本没有时间照顾他（多少个中午，都是他自己一个人在家待着）。父母觉得亏欠孩子，所以一有时间就领着他吃、喝、玩，从来不谈学习。上一、二年级的时候，父母觉得孩子小，一旦孩子不写作业，

就帮着孩子找借口不来上学，或者说孩子生病了不舒服，没法写作业。现在孩子已经五年级了，一提写作业就害怕，觉得写作业是一件太辛苦的事情，所以他选择了逃学。

才五年级啊，等上了初中，这个孩子怎么办？上了高中又怎么办？即使是这样，家长依然没有认识到是自己的溺爱害了孩子。今天中午，我们等家长来接孩子，想与家长好好沟通，教育教育孩子，可家长说忙，没有时间。面对这样的家长，我们只能为孩子感到不幸和悲哀！

从某个角度来说，孩子没有错！我们来设想一下，如果把这个孩子放到负责任的父母手里，他有温馨的家庭，他会变成这样吗？

这样一件真实的事例发生在我们学校里，作为教育人，我们实在是心痛！但孩子变成这样，作为教育人又确实无能为力，因为家长的作用无人能顶替！

晚上，我将这件事发到了班级群里，引起了家长们的一阵热议……

3月17日　星期五　阴

挥着隐形的翅膀飞上蓝天

昨晚班级读书群的一幕，今天一直萦绕在心头……

平平是一个肢体残疾儿，因为父母执意要他随班就读，所以从一年级开始，平平就和其他的孩子一起学习。一开学，我就从教导处要了二年级一班的成绩单，没想到平平的语文成绩竟然是60.5分！及格了！怎么可能呢？刚刚检查过假期作业，平平那歪歪扭扭的字迹给我留下了太深刻的印象。

第一周后，我对平平的学习水平有了一些了解：智力尚可，书写困难太大。每次的课堂作业，他都无法按时上交。我与每天接送他的妈妈沟通："平平的作业能写多少就写多少，别让孩子太为难。只要读书跟上其他孩子的节奏就可以了。"好强的妈妈却告诉我："我想让他跟别的孩子一模一样，再难也要跟上，就让他写吧。"

"相约八点半"的活动进行十多天后，我一直没有听到平平的讨论交流。那天，我特意询问孩子的妈妈，为什么没有让他参与到读书交流中来？妈妈告诉我，孩子写作业的速度特别慢，所以一开始就没想着让他参加读书活动，只是利用中午和双休日的时间培养他自己阅读的习惯。我告诉妈妈："哪怕作业减半，也要让孩子参与读书活动。只有在集体活动中，孩子才能感觉到自己的存在，才能自信地生活！"

昨晚是平平第一次参加读书交流活动。我准备好了一箩筐的语言鼓励他，不料临时接了一个电话，错过了第一时间。挂了电话，我急匆匆地赶回读书群，只见群里鲜花朵朵，竖起的大拇指一个接一个，全都是送给平平的。在西藏工作的平平爸爸不知何时也进群了，他在群里大声向孩子表白："平平，爸爸爱你！"看到系统提示平平发出了第二条语音，我赶紧点开听："谢谢大家，我会继续努力的。"哽咽的声音让我感受到了孩子那一刻的心潮起伏！

我随即发出一条赞语："平平，老师给你100个赞！"这么优秀的平平爸爸，我也必须点赞："平爸爸，也给您100个赞！爸爸的一声'我爱你'，会给孩子多少勇气和力量啊！"

家长们也相当给力，不辜负我每天"洗脑、醒脑"的文字熏陶，争先恐后地带着自己的孩子给平平加油、喝彩。

不知不觉已经九点半了，这是读书活动开展以来头一次持续得这么晚，平时我都要求主持人，九点必须结束活动。见主持人迟迟不发结束语，为了不影响孩子们休息，我不得不出来提醒："今天晚上感觉像过年一样，好热闹，好温暖！不知不觉已经九点半了。孩子们，家长朋友们，我们休息吧！"

平平的爸爸紧随我后："谢谢大家对平平的鼓励和支持！我爱你们！"

能想象出平平爸爸此刻的心情。于是我发出一张"拥抱"的图片，后缀文字："拥抱每一个家长，拥抱每一个孩子。晚安！"家长们也发图片回抱我。

生活不会一帆风顺，但我相信：浓浓的爱的滋养能让人学会坚强地面对生活中的一切挫折。祝愿我们每个人都能挥着隐形的翅膀，飞上蓝天，助他人，也助自己。

3月18日　星期六　阴

教师，未来的雕刻师

近日，《中国教师报》的一则新闻格外引人注目——《一个28岁的中国女孩，入围"全球教师奖"前十候选人名单》。

2月下旬，"全球教师奖"官网公布了2017年入选该奖项的十位候选人名单，中国昆明师范专科学校附属中学的心理教师杨博雅成功入围，成为跻身前十的唯一一位中国教师。"全球教师奖"是当前世界上奖金最高的教师奖项，获奖者将得到100万美元奖金。奖项设立3年来，竞争十分激烈，十位候选人从来自全球179个国家和地区的2万名提名教师和申请人中选出。

一个28岁的中国女孩，入围前十候选人名单，她身上有哪些动人的故事和出众的品质？

入选理由是这样陈述的：她既是一名心理学家，又是一名老师，这样的双重身份让她能够在教学工作中表现出色，同时为学生们的生活带来积极影响。中国的经济进步也给许多家庭带来了困扰，户籍制度让进城打工的父母们不得不常常将自己孩子留在家中；因为父母工作繁忙，城里的孩子与父母接触的时间也往往屈指可数。这无疑会对孩子们的成长和心理健康带来严重的负面影响。意识到这一情况，博雅老师决定尽力改变这一局面。她将自己看作这些孩子们的心灵支柱，为他们的心理问题提供建议和辅导，同时致力于通过开展包含有父母在内的心理健康教育，让父母能够成为孩子最好的教育者和心灵陪伴者。

年纪轻轻的杨博雅居然和武际金校长有一样的教育卓识，令人敬佩！

"家长是孩子最好的老师。"杨博雅说。优异成绩的背后，也可能隐藏着许多问题，只是很多家长没有注意到。"家长往往更注重考试方面的东西，容易忽略孩子情感上的需求。"是的，学生的成长之路，需要父母的参与。一是在孩子的学习方面，家长要积极参与；二是在孩子的成长过程中，家长要了解他们每个阶段的心理需求。而现实生活中，为了不让孩子输在起跑线，我们的家长愿意花很长时间送孩子去各种补习班、兴趣班，一旦孩子在学习过程中出现问题，家长第一时间想到的是老师，而不是自己。"家长和孩子相处的时间是任何专业老师都不及的，最了解孩子的应该是父母。家长与孩子的互动很重要。"因此，杨博雅特意将"家长"纳入课程制作中，希望通过共同参与，加强彼此互动，让家长了解孩子的成长规律，也让孩子可以得到家长的支持。

"任何一个孩子的改变，都不可能是一个老师的功劳，而是家人、老师和学校乃至社会共同努力的结果。"杨博雅说。孩子的成长需要家长的陪伴。杨博雅坦言，将尽全力把自己摸索出来的那套"家长参与心理教学

模式"推广普及，走出昆明，走出云南。

在"2017 全球教师奖"十位获奖候选人名单宣布当日，哈里王子在一段视频消息中表达了自己对入选教师的敬意，他说："除了教授我们阅读、写作和算术外，那些最优秀的老师还教会年轻人课本之外的东西：一颗坚毅的心，远大的志向，乐观的个性和对世人的怜悯心。在充满各种挫折和挑战的人生道路上，老师扮演着至关重要的角色，是他们赋予我们从容应对人生高低起伏的力量。本年度全球教师奖的入围教师来自世界各个角落，其中有来自加拿大北极地区、肯尼亚和巴基斯坦的老师。虽然来自不同地方，他们却有着一个共同点：他们都唤起了孩子们内心深处的求知欲，用心呵护每个让世界变得更美好的梦想。最后，我要恭喜这些获奖候选人，你们不仅仅是优秀的教师，而且是帮助、启迪和塑造孩子们命运的教师模范和典型。你们从事着一份非常重要的工作，毫不夸张地说，你们是未来的雕刻师。"

谨以此语作结，献给所有的"雕刻师"。

3 月 19 日　星期日　阴　时而雨

因为感冒，这两天休息日的晚间"相约八点半"，我没有和孩子们互动，只在一旁静静观望。周六晚上，我打开班级微信群时，显示有 236 条未读信息。今晚我打开微信时，显示有 177 条未读信息。除两项常规的活动正常开展外，还有很多家长和孩子积极参与，自发朗诵。有家庭朗诵的，有分角色讲故事的，更多的是小朋友单独朗诵。听着那一声声稚嫩的童音，我仿佛看到他们在手机前认真诵读的模样。家长们也毫不示弱，进步不小，和孩子合作诵读的父母人数明显超过前两天的人数。因为自主参与人员过多，给负责统计的家长带来困难，群主和负责统计的家长商量后想出了解决办法，然后征求我的意见。我一看想得那么周到，既维持了读书活动良好的秩序，又不打击家长和孩子参与的积极性，连说："感谢感谢，太好了！太好了！"

苏联著名教育家苏霍姆林斯基说过："儿童只有在这样的条件下才能实现和谐的、全面的发展，就是两个'育者'——学校和家庭，不仅要一致行动，要向儿童提出同样的要求，而且要志同道合，抱着一致的信念，始终从同样的原则出发，无论在教育的目的上，过程还是手段上，都不要发生分歧。"是的，学校教育和家庭教育之间是互补的，其结合更能及时地满足孩子的成长需求。作为老师，作为专职的教育工作者，在家校共育方面，只要付出更多的心力，用真诚和实际行动去争取家长的认同，调动家长的力量，就能更好地为孩子的成长助力。

3月20日　星期一　晴

万里鸿雁传真情，甘贵师生心连心

万里鸿雁传真情。

手手相牵，传递的是真诚和友谊；心心相连，凝聚的是童心和真情。

随着电话、网络等通信工具的快速发展，传统书信的运用越来越少。为了让孩子们更好地掌握书信写作的要领，切实感受书信交流的人文气息，更为了让五年级第二单元的习作与学生的实际生活紧密连接，经学校牵线搭桥，我校五年级一班和贵州省遵义市桐梓县娄山关镇灯塔小学五年级四班开展了"手拉手·心连心"综合实践试点活动。

今天，远在 1500 多公里之外的灯塔小学五年级师生们特别开心，因为他们收到了我校五年级一班全体师生寄给他们的特殊礼物——孩子们写的书信和赠送的家乡特产。教室里沸腾了，孩子们一个个迫不及待地拆信、读信……

交流活动以书信往来和礼物寄送为主。双方老师利用微信聊天平台，及时反馈孩子们的反应，也通过微信，让两地的孩子现场沟通互动。

本次开展"书信手拉手"的实践活动，得到了家长们的大力支持。孩子们负责写信，家长们负责购买兰州特产。对这样的活动形式，我校一位家长表达了这样的观点："希望以后多开展这样的活动。小朋友们可以很直观地了解同龄人的日常学习生活、外地的风土人情，还能提高社交能力。寄信后的期待以及收信后的喜悦，都是满满的幸福体验。"

我校五年级一班的班主任侯宇欣老师说："希望通过这样的活动，让双方孩子从文字交流延伸到乡土文化的交流；从生活琐事交流延伸到愿望梦想的交流，进而从书信的来来往往中感受到来自祖国各地的小伙伴们的浓浓情谊。"

生活处处有语文，对吗？

3月21日　星期二　晴

做有故事的老师

晚上，看江苏教育出版社出版的教学随笔专集《一盏盏的灯》时，不禁回忆起学校上学期的班主任经验交流会。

那次会议前我们就提出明确要求：不需要稿件，随性而谈，重在真实，重在鲜活。

按照从高年级到低年级的顺序，班主任一个接一个地上台。听着老师们的一个个案例，我除了感动，还有羡慕。不管是才参加工作一两年的年轻教师，还是经验丰富的老教师，他们用爱演绎着一首首动听的歌谣，听得我热泪盈眶、心潮澎湃。

我羡慕他们，羡慕他们可以近距离地和孩子们相处，羡慕他们有一个又一个具有"谈资"的案例。

曾经的我，也有着一个个和孩子们在一起时喜怒哀乐的故事。自从走上管理岗位，这样的故事越来越少了。偶尔和孩子们近距离接触，却也只是擦肩而过的缘分，想要在彼此的生命中留下些许痕迹，真的是奢望了。失去了才知道曾经拥有的是多么可贵。现在回想那些和孩子们朝夕相处的日子，满是辛劳，亦满是快乐与幸福。尤其是我以前担任班主任时带过的孩子们，或来看望我，或发来短信问候我，或是街头偶遇时的兴奋攀谈，无不给我强烈的幸福感，而这幸福感往往会在黑夜中散发出熠熠光辉，用它温暖的力量鼓励我，让我有勇气继续前行。

有人说："这个世界上，关怀是最有力量的，时时关怀四周的人与事，不止能激起别人的力量，也能鞭策自己不致堕落。"那么，学会关怀，鞭策自己；温暖他人，愉悦自己。

作为老师，在我们不得不告别讲台时，你会发现曾经和孩子们在一起的那一个个故事，无论喜与悲，乐与怒，都会成为我们寂寞日子里最好的慰藉。

我的同仁们，一起来吧，做有故事的老师！关怀孩子，关怀他人，当然也不忘关怀自己……

3月22日　星期三　晴

昨　晚

因为有点感冒，昨晚吃完饭，我就早早上床了。"相约八点半"我也没有参加，安安静静地躺在床上休息。

今早起来，快速翻看微信，了解昨晚活动的情况。

又是一个热闹的夜晚，在两位爸爸（彤爸爸、悦爸爸）的组织下，活动有序开展。

秉承"好东西总是不够的"理念，先是家长抢票活动。在彤爸爸的5秒倒计时中，缘缘的妈妈抢到了明晚"家长诵读"的宝贵一票。接着是前一晚抢票成功的家长播放自己的朗诵。哦，朗诵者也是缘缘，也就是说，这么宝贵的一票，他们家竟然连续两晚抢票成功。群主彤爸爸发言了："各位家长，明天开始，大家给没有抢到票的家长一个机会可以吗？要不好多家长都没机会朗诵了。"

我也奇怪，不是说过家长不能重复抢票吗？还是先听一听吧。点开一听，居然是缘缘的爸爸在朗诵！哇，期待了好久，终于出现了第二个"朗诵爸爸"（第一个是悦悦的爸爸，一个优秀的群"领导"，不仅不辞辛劳地为孩子们服务，而且各项活动率先示范）！浑厚而亲切的声音直扑入耳，朗诵得真不错！家长和孩子们一片喝彩声！缘缘的妈妈代表爸爸致谢："她爸爸录制完了就去上班了，听不见大家的鼓励，在这里谢谢大家的掌声和鼓励。"缘缘也用语音代表爸爸向大家表示感谢。此刻我才明白他们一家为什么要再度抢票。一个是爸爸的诵读，一个是妈妈的诵读，完全不同的两个人，当然不能算重复诵读了。哈哈哈，看来，"好东西真的是不够的"，爸爸妈妈的参与积极性被高度地调动起来了。

其实，从建群开始，我就非常期待群里的爸爸动起来。因为学校里女老师居多，家里一般又是妈妈主抓孩子的教育，所以我一直觉得，在孩子的整个成长中，多了阴柔之美的熏陶，少了阳刚之气的润泽。我急切地盼望有更多的爸爸参与到活动中来。爸爸妈妈在家庭教育中都不缺位，孩子才能更健康茁壮地成长。欢迎更多的爸爸出现！

轮到"故事大王"出场了。真是惊喜连连啊，今晚的"故事大王"是悦悦和她的妈妈！听着母女俩的故事，想着他们家温馨的场景（妈妈和女儿讲着，爸爸在一旁听着），我不禁笑了。瞧，把悦悦高兴成啥样了，讲故事的声音都伴随着笑声……

21：03，群里安静下来。21：35，悦爸爸一句："孙中人，终于等到你！"原来孙中人小朋友才发语音参与互动。孙中人的家长不好意思了："悦爸爸，我们有点事耽误了，真不好意思！"

"知道我们有些家长晚上加班，回来得比较晚，孩子不能及时发语音，就再等等。我们的孩子和家长都很优秀，无论多晚，他们一到家就会第一时间发语音互动。"多善解人意的悦爸爸啊！

21：50，悦爸爸宣布统计结果："今天晚上一共有47位小朋友参加我们的故事互动，我们群里的互动氛围也越来越热烈。希望我们的小朋友能把这份热情带到教室，能带动我们班更多的小朋友参与进来。"

在家长们的声声"辛苦了"，在悦爸爸简单的"没事的"中，读书群彻底安静了。

此刻，当用文字记录昨晚的时候，我的内心充盈着快乐，无法平静……

3月23日　星期四　阴

由踩踏事故想到的

濮阳县第三实验小学发生的学生踩踏事故再一次向我们敲响了安全警钟。一个生命的消失，意味着一个家庭的破碎。无法想象，失去孩子的家庭该怎样支撑下去。

接到《城关区安全办关于做好预防学生踩踏事故的紧急通知》的第一时间，学校先后召开了领导班子会议、班主任会议、全体教师会议、工勤人员及保安会议、队干部会议，同时通过班级 QQ 群、微信群联系家长，以期形成家校合力，全面教育孩子，有效预防安全事故的发生。一系列举措可谓"从全局出发，从细处入手"，全校上下一条心，竭尽全力保障孩子们的安全，做到万无一失。可是，真的能做到万无一失吗？

我颇为赞同昨天武校长针对这件事的观点——"中小学的课间活动应该是开放的、自由的。作为教师，不可能像老母鸡保护小鸡一样，在每个学生面前张开'羽翼'，将他们紧紧地护起来。即使有教师走廊、校园执勤，也不可能杜绝某些不可预见事故的发生，毕竟教师是个体面对群体，往往鞭长莫及"，"在发达国家，过千人的学校就被称为超大规模学校，这不值得我们反思吗？"是的，这不值得我们反思吗？

作为教育人，我们会一如既往地把安全当成头等大事来对待，尽全力给孩子们一个安全的环境。但是，我们更希望政府能给予校园更多的空间，给予教育更多的人力，从根本上消除大班额，让所有学校"放松"下来，让校园里的每个孩子可以自由地伸展自己。

3月24日　星期五　晴

孩子们的心愿

感觉这周过得特别快，很多事才刚刚开始，呼啦一下就到了周末。

下午，我抽时间给孩子们宣布了前两周的小组总分。宣布完毕，我请前三名的小组组长说说他们组的心愿是什么。在制定小组评价制度之前，我给孩子们的承诺是：小组一月评奖一次，奖品以满足他们的心愿为主（当然是我可以帮他们实现的心愿），物质奖励为辅。

三个小组商量了一下，组长开始汇报。获得第一名的小组组长说："我们的心愿是和老师一起做手工。"我当即答应："没问题，随叫随到。"

获得第二名的小组组长说："我们想邀请爸爸妈妈来教室听我们上课。"话音刚落，教室里一片欢呼声，紧接着响起了热烈的掌声，还有孩子不停地喊着："好！好！"真没想到，他们对这个心愿是如此支持，我还以为他们从来不想让爸爸妈妈看到自己在教室里的表现呢。这是多大的一个心愿啊！刚好，这几天我正想着找个机会邀请家长来教室看看孩子们的表现，于是我爽快地答应："完全可以！"又是一阵热烈的掌声。看着孩子们兴奋地交流着，难道他们真的就那么盼望家长来教室？什么原因啊？我还真有些不明白。下一周我一定要找几个孩子聊聊天，探究一下他们心底的想法。

获得第三名的小组组长说："老师，我们还没想好，双休日可以再想想吗？"

"可以啊，下周来了再告诉我吧。"我笑着对他们说。哼哼，我倒要看看，下一周你们能想出怎样与众不同的心愿来！

低年级孩子的可爱之处就在于想什么就说什么，怎么想就怎么说，让你对他的信任度达到百分之百。纯粹的天真无邪，多好！

我要准备一个"心愿本"，把他们天真的心愿一个个记录下来，应该会很好玩吧。

3月25日　星期六　晴

到底什么是素质教育

从朋友圈看到一篇文章——《素质教育之后，为什么学生们却越来越没素质》。

文中主要讲了这样一件事：晚上，作者去社区图书馆看书。过了一会儿，一群穿着校服的孩子冲进来，大约八至十岁，应当是二年级到四年级的学生。这群孩子在图书馆的书架间追逐打闹，吵吵嚷嚷。另外还有几个十余岁的、穿着校服的女生，占用了一排电脑桌玩手机游戏，大声说笑，旁若无人。更有家长坐在一旁，任由自己的孩子奔跑打闹，不为所动。一位阅读的老人看着这群肆无忌惮、不懂规矩的学生，满脸无奈甚至有几分愤怒，一直摇着头。作者发出感叹：从幼儿园开始，这些孩子经历了多年素质教育的洗礼，应当知道这里是图书馆，应当看见有很多人包括很多老年人在静静地阅读，也应当认识墙上贴的大大的"静"字，应当知道在图书馆必须保持安静，但所有的"应当"都是枉然！

是啊，联系身边孩子的行为——冲锋一般挤上公交车，在车厢里大喊大叫；进出校门时会向老师打招呼，却从未见哪个孩子主动向保安叔叔、门房人员问声好或说声再见；从纸屑旁走过，视若无睹；进校门时为了抢第一而横冲直撞，哪有丝毫的礼貌。再说说日常——从老师手里接本子，有些孩子总是忘记老师的叮嘱"双手接"，不经意间就伸出一只手；还有这两天腾讯新闻中那个对母亲大打出手的中学女孩……

昨天朋友还跟我说起一件事，一个男孩子骑着一辆自行车快速冲向小区大门，冲着保安大声嚷："保安，你怎么还不给我开门？没眼力见儿！"我的这位朋友忍无可忍，替他父母教训了这个熊孩子："这么大了，连一句好话都不会说！上学几年，读书何用？"

作为教育者，我们真的应该静下心来反思：到底什么是素质教育？我们喊了"素质教育"那么多年，素质教育的成果在哪里呢？在于每个学生都会琴棋书画、吹拉弹唱吗？在于学生参加了多少国际、国内大赛，拿了多少国际、国内大奖吗？在于每个学生都懂环保、会创新吗？在于每个学生都口齿伶俐、卓尔不群吗？

我想，还是从生活中点点滴滴的小事做起吧！从培养孩子"明是非、知对错、懂礼仪"的良好习惯做起吧！从小没有养成良好的行为习惯，从小不知道遵守最基本的社会公德，这不是孩子的错，是教育的错！是学校教育的错，更是家庭教育的错！

让我借用作者的那句话结尾吧："想想在图书馆里那位不停摇头的老大爷，他的心中一定有很多失望和无奈。我真想对大爷说一声：'大爷，教育对不起您！'"

3月26日　星期天　晴

《班主任是包工头》，好奇怪的题目！班主任怎么和包工头扯到一起了？

读完文章之后不禁赞叹：好风趣的解读，颇有说服力。作为老师，作

为家长，都应该好好读读这篇文章，相信启发不小。

现摘录如下——

每次有孩子不做作业，或者打架扯皮，老师请家长来，开场白总是："感谢您来　　""感谢您支持老师的工作　　""感谢您配合老师教育孩子　　"

很多家长也相信这个逻辑：教育孩子是老师的事情，家长只是配合者。如果家长很忙，还会对老师解释很多："我家情况特殊　　""我们夫妻工作的地点很远，回家很晚了　　""爷爷奶奶惯孩子，没办法　　"

其实这个逻辑好奇怪。打个比方：您的孩子，是您倾注全家几十年积蓄购买的一套房子，老师就是您请的装修师傅。这房子的所有权是您的，装修得好，您住几十年，舒心、放心、有面子　　装修师傅肯定也想把房子装好，这是责任所在。

对应到小学教育，就是五十套户型不一的毛坯房，交给一个装修队了，包工头就是班主任。装修过程中，如果房主来看装修效果，应该是什么态度？装修师傅会不会说："感谢你百忙之中来关心您的房子？"义务教育阶段，就是包工包料、固定工期，不管房型区别，所以肯定会出现：有的房子材料过剩，有的房子材料不足，或者有特殊要求的材料需要补充　　

装修师傅给您打电话，说："您家的水龙头型号不对（作业质量差），要不要来看看，考虑换一个？"您是不是应该马上买个新的送过去（加紧督促孩子作业）？

您会不会和装修师傅说："我很忙，麻烦你把水龙头勉强安上去就行（不管是抄作业还是在培训班糊弄作业，有作业就够了，家长就签字）？"如果你这样会如何？会继续安装不好的水龙头，等你将来住进去了，隔三岔五出问题　　损坏的是你的房子，烦心的是房主。装修师傅会如何？无奈地摇摇头："早说过了，房主不管嘛　　"

如果经常这样，装修师傅就知道房主的个性——不在乎，反正把房子装完就行。五十多套毛坯房，一个装修队，房主经常来看看的，师傅肯定也会细致一些吧。你等着交房时候再来抱怨灯的位置不理想，地板的颜色不喜欢，有用吗？包工包料的工程，六年级毕业了，你再想纠正什么，好难好难　一些埋在地板、墙壁里的水电工程（个性品质）已经成型，如果要改动，那就是大工程了。

绝大部分装修师傅肯定是负责的，希望把工程做好，自己面子有光。这仅仅是荣辱心和职业素质使然（包工包料嘛，也不多拿一分钱）。尤其是水电过程，全凭良心和手艺，没几年，看不出好坏。

最重要的是，谁是孩子教育的第一责任人？是家长，不是老师！

最近一直在处理几套房子的漏水问题（几个淘气孩子每天都有新麻烦让我解决），工期接近尾声，无法做大的改动了，只能修修补补

唉，有的房子，真是水电皆名牌（个性好，习惯好），软装有品味（课外书有层次）　有的房子，估计房主不是自己要住，而是用来出租的（不继续读书，想送其他途径）。

希望房主们多关心一下自己房子的装修情况

怎么样，把班主任比作包工头，够形象生动吧！

3月27日　星期一　晴

智慧家庭教育大讲堂第一课

经过前期紧锣密鼓的准备，今天，"砂小智慧家庭教育大讲堂第一课"进入了筹备的最后阶段。

下午4：30，大队辅导员张老师再次组织召开了相关人员筹备会议，从活动时间到活动地点的确定，从活动主题到现场交流话题的筛选，从活动主讲人到活动主持人的对接，从参加对象到参加人数的最终敲定……所有细节周密安排。与会人员热情高涨，纷纷出谋划策，筹备会议紧张而又活泼地按照预定计划有序开展。

会议尾声，田玉清校长再次阐明"大砂坪小学智慧家庭教育大讲堂第一课"的意义所在，并感谢老师们在整个筹备会议中所付出的努力。

会议结束，大队辅导员在学校工作群正式发出活动通知。

通　知

本周四下午举行"砂小智慧家庭教育大讲堂第一课"

活动时间：2017年3月30日下午3点整

活动地点：三楼多功能教室

活动主题：如何迈好第一步（孩子良好行为习惯的养成）

话题讨论：

1. 怎样培养孩子的好习惯

2. 如何关注孩子的心理健康

3. 在孩子教育过程中容易出现的误区

主讲人：贺蕊梅老师

主持人：火文燕老师

特邀嘉宾：校级家委会优秀家长代表

参加对象：一年级家长每班15名，必须是孩子的父母

参加方式：本次活动以抢票制形式确定参会家长名单。班主任在班级群里组织家长抢票，每班前15名回复的家长为此次参会家长。请各班主任老师做好本次活动宣传工作，调动家长参与的积极性。

期待并祝愿"砂小智慧家庭教育大讲堂第一课"取得圆满成功！

3月28日　星期二　晴

　　读书群建立起来快一个月了。作为一个旁观者，每晚听着孩子们在家长的主持下讲故事、听故事、听朗诵、谈感受，小小的成就感在心底缓缓流淌。现在，即使因为晚上有事，不能同步参与读书活动，我也很放心，全然没有了刚开始的担心与着急。因为我确定，没有我的参与，家长和孩子们的积极性也不会受到太大的影响。

　　但遗憾的是，还有两个孩子至今没有参与进来。虽然家长入群了，可我从来没有听到过孩子的声音。

　　为了鼓励其中一个孩子，调动他学习的积极性，两周前我安排他当"故事大王"。担心他误事，那周的星期一，我利用课余时间让他给我读故事。一遍遍练，孩子讲清楚故事已经没有任何问题了。我叮嘱他回家后把这个故事提前录好，然后在星期五晚上八点半准时发到读书群里。他高兴地点头应允。不料，到了星期五晚上八点半，他却没有丝毫动静。一直等到九点，他依然没有动静。

　　周一，他一到教室，我就问他是怎么回事，他说是家里的网络出了问题，没法上传。我跟他要家长的电话，他说妈妈出差去香港了，他也不知道爸爸的电话号码。我哑然……

　　这一周，他的作业天天都是糊涂乱抹，而且只完成了其中的一部分。我问他要家长的电话，他依然说不知道。

　　无奈，我在 QQ 群私聊家长，给他们留言："您好！有空的时候请和我联系。"

　　不一会儿，手机接到一个陌生的来电，估计是他的家长。我接起了电话，是他妈妈打来的。我简单说明情况之后，家长一阵抱怨，抱怨孩子不听话，抱怨孩子不学习，抱怨孩子太难管。我没有耐心听她抱怨，只说了一句："孩子还小，他这个样子，责任在家长！"她沉默了，我也平静了一下情绪，之后开始解释我责怪她的理由。最终她向我道歉，并保证开始好好抓孩子的教育。但愿她说到做到。

另一个孩子，我到现在为止也没联系上他的家长。不知道家长是没看到我的留言还是不想联系我。我只能等待了。

3 月 29 日　星期三　晴转阴

昨晚发完工作日记就睡了。

今早 6∶20 起来，看到昨晚快 11 点时有一位家长留言。她无意中看到了孩子写的作文《自己的心里话》，孩子在文中表达了对妈妈的恨，原因是"妈妈动不动就打我、骂我"。辛辛苦苦付出多少年，做母亲的她怎么也没想到自己在孩子心目中是如此形象，一时无法承受！她写下了自己的第一篇日记：

丫丫的作文是《自己的心里话》。今天的我，看了自己孩子写的作文，感觉做了几年孩子妈妈，竟然不知道自己在孩子心中却是这样的形象，孩子对我的评价令我伤心啊！

也许我在别人眼里是一个性格很好的人，但在家里，我对孩子很粗暴，很少有好脾气，总是嫌弃孩子做事磨叽，又很贪玩。平时给她讲完题，如果仍有错题，我就会动手打，下手还特狠。

看到孩子的心里话，我才意识到，虽说每次打孩子是为了督促她学习，是为了她好，但忽略了孩子的童真。孩子难免有贪玩和不听话的时候，我硬要把自己的所有要求强加在孩子身上，有时还把在外面工作的不如意带给孩子，用粗俗的语言伤害我的孩子，我真糊涂啊！孩子每次不但能原谅我，还愿意继续爱我，我怎么能，怎么能不原谅我孩子的小错误呢？生气的时候，我会向孩子撒气，我连孩子的容忍之心都没有。今晚我确实意识到是我错了，从此我要改变性格，要和我的孩子成为好朋友，要从孩子的心理角度考虑，毕竟他们也是一个"人"，他们心里也有自己的想法。想想我们小的时候，不是也像蜗牛一样，一件事一件事慢慢学，哪里有一遍就学会的？从小到大，正是通过一次又一次的磨砺，一次又一次的尝试，我们才长大了。理解孩子的"不会"，理解孩子的"失败"，让他们在生活中敢于展示真实的样子，孩子才会拥有最纯真的童年，才会一天天长大。再也不能将我的内心想法强加给孩子了。

我也是正在成长的家长，也是第一次做妈妈。孩子有错了，要正确引导，而不是靠暴力征服。如果我不改正，继续这样做下去，一定会失去在孩子心中"最伟大的母亲"这个至高无上的称呼，不配再让她叫我"妈妈"了！

我想说：孩子，妈妈错了，妈妈真的知道错了。从现在起，妈妈会努力改正坏毛病，会一直陪你慢慢长大，陪你走向社会，争取让你做一个心里没有阴影、阳光乐观的孩子。

我看到昨晚已经有家长与她沟通，班主任王老师也安慰她并给她出了主意。

我想了一下，回复道："家长您好，昨晚我休息得早，才看到孩子的作文。孩子的心情我完全能理解，您的心情我也能理解。很高兴作为母亲的您已经认识到暴力的危害。那么，开始改变自己吧！只要您改变了，就一定会看到孩子的改变。"随后，我又转发了几篇武校长的家长群里的亲子日记，希望能帮到她。

第一节课上完，我看到她又留言了："石老师，每天看到您的分享，我都很感动，觉得我太不称职了。这是我带孩子的经历，分享给各位家长，

希望爸爸妈妈们不要和我犯一样的错误啊！"

是啊，希望其他家长不要和她犯同样的错误。有些错误来得及改正，而有些错误永远没有改正的机会。

3月30日　星期四　晴

学校的一天

早上7:40到了教室，大部分孩子已经来了。略微准备了一下，上班铃就响了，孩子们和来听课的家长也都到齐了。我和班主任组织孩子们排队去电教室（今天平行班的胡老师给我们班的孩子上课）。看着两位热心的家长主动搀扶行走困难的小平平上楼，甚为高兴。

有了家长的陪伴，孩子们在课堂上一个比一个踊跃。课下我问他们怎么那么积极，他们回答说因为爸爸妈妈在，有点小幸福、小激动、小紧张……哈哈，情绪还真多啊！

第二节继续听课，是一节数学课。看到孩子们在生本课堂中的进步与成长，颇为激动。

三、四节去教室上课。

下午两点，从休息室出来就直接进了电教室。今天是"智慧家庭教育大讲堂"第一讲，得看看准备情况。田校长已经在那里了。会场布置完毕，摄影师徐主任正在寻找角度、调试镜头。

两点半，所有家长到齐了。为了不让家长久等，原本定于三点开始的活动只好提前。热烈的掌声中，主持人、主讲人、特邀嘉宾一一登场。

话题一个接一个，主持人讲，嘉宾讲，台下的家长互动……不知不觉，放学铃响了！计划一个小时的活动竟然延长了一倍！

一张"全家福"宣布活动结束了。可有些家长还是不走，围着老师说个不停。

家长们最集中的问题是："第二讲什么时候开始？"

我们承诺："一个月至少一期。"

送走家长，我们开始了第二讲的策划……

走出办公室，已是 19：20。

3月31日　星期五　晴转阴

为了履行诺言，帮孩子们实现心愿，今天是我们班的家长开放日（孩子们特别希望家长来学校和自己一起上课）。因为教室空间有限，我们依然采取抢票的形式确定参与的家长。

今早 7：40，抢到票的家长就进了教室，和孩子们共度学习时光。语文、数学、英语，一连听了三节课。第四节课，我们将家长请到了会议室，和他们交流关于孩子教育的问题。

我对家长说："先谈谈你们连听三节课的感受吧！"

"这三节课坐下来，还是挺辛苦的，腰酸背痛。"思雨的妈妈抢先说道。其余的家长频频点头。看来，大家的感受是一样的。

我说："这下你们知道孩子一天也不容易吧！咱们坐在那里，只是去观察自己的孩子是不是用心听讲了。可孩子呢？他们得跟上老师的思路，得读，得写，得想，得回答问题。比咱们家长可辛苦多了。"

停顿了一下，我问玉玉的妈妈："这会儿您能理解孩子一回家为什么不赶紧写作业了吧？"

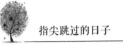
玉玉妈妈赶紧点头："知道了，知道了，以后我再也不那么着急催她了。"

"我家孩子回家，我总是让他先休息一会儿，吃点水果，喝点饮料，聊会儿天，然后才开始写作业。效果不错的。"开开的妈妈介绍自己的好经验。

"是啊！想想咱们，上一天班回到家，谁还想再干工作呀！最起码得在沙发上坐一会儿，休息休息，换个心情。"

"老师，这几节课下来，我还有个感受——当老师太不容易了！"听到小依妈妈的话，我赞许地看着她，鼓励她继续说下去。"早上7：40进教室，那会儿老师还没来。全班孩子各做各的事，哇哇哇乱吵，我的头都大了！然后，老师一来，说一两句话，他们立马安静了。上课的时候，你们又要组织纪律，又要给他们教知识，真是太不容易了。吵了半天，我都受不了，你们这一天天的，咋坚持下来的！所以今天我最深的感受是老师太不容易了！"

这是我没想到的。原本以为他们只会全身心地关注自己的孩子，没想到他们还体会到了老师的不容易，真是意外之获啊！就凭这一点，以后要多举行几次这样的活动。

4月1日　星期六　晴

墨香温情

昨天的语文课，我上的是绘本《猜猜我有多爱你》。当我问孩子们有没有读过这本书时，大部分人都举手说读过了。我说："一本好书是值得我们反复阅读的。今天我们一起再读这本书，看看和你以前读过的感觉会有什么不一样。"

《猜猜我有多爱你》这本蜚声世界的绘本，是由英国著名作家山姆·麦克布雷尼与绘画家安妮塔·婕朗创作的，讲的是一只小兔子和母亲在睡前攀比自己有多爱对方的故事。在故事中，小兔子用自己身体的部位或动作来比喻自己对妈妈的爱。可是，无论小兔子怎么想、怎么说、怎么比喻、怎么形容，大兔子总是轻而易举地超过了他。最后小兔子想累了，看着月亮告诉大兔子："我爱你，一直到月亮那里。"而大兔子没有急着回答，它把栗色的小兔子轻轻地放在树叶铺成的床上，低下头来，亲亲它，祝它晚安。然后，它躺在小兔子的身边，微笑着轻声说："我爱你，一直到月亮那里，再从月亮上——绕回来。"

"从月亮上绕回来！"多么绝妙的一句话，如此朴素，如此不动声色。大兔子甚至是在把小兔子安置得妥妥当当之后，才淡然地、近乎自言自语地说了出来，根本没准备要小兔子或者哪一个人知道自己的爱有多深远无尽。可就是这样简简单单的一句话，却触动了我们心房中最柔软的地方，使我们久久沉浸其中……

下课铃响，故事刚好读完。我布置作业：在写话本上完成《我爱＿＿》的一篇日记（先补充题目，再完成写话）。

今天，写话本交上来了。我一本本批着，一次次感动着，幸福着孩子们的幸福，快乐着孩子们的快乐，全身心地感受着他们小小的心灵。无法抑制内心的激动，我将孩子们的作品拍照发到班级群里，和家长共同享受流淌在字里行间的墨香温情。

【附：学生习作】

3月31日　星期五　晴

我爱父母

晚上，我准备睡觉了。我把爸爸妈妈叫到身边，对他们说："爸爸妈妈，猜猜我有多爱你们？"爸爸妈妈疑惑地说："这个不好猜，我们怎么才能猜到你有多爱我们呢？"

于是，我站在床上，对他们说："我有多高，对你们的爱就有多深。"爸爸妈妈愣了一下，然后也脱了鞋站到床上来了，也站得直直的。他们说："我们有多高，对你的爱就有多深。"我抬头看着他们，真的很高。我想，如果我也能长得像他们那么高，那该多好啊！

这时，我有点困了，想不出什么好点子了。临睡前，我看着爸爸妈妈说："我爱你们，一直到月亮那么远。"爸爸妈妈笑着，同时亲了亲我说："我们知道了。"

3月31日　星期五　晴

我爱哥哥

哥哥今年9岁了，比我大一岁。

我的哥哥可懂事了，比如我有一些字不会写，哥哥会立刻来教我写字，还教会了我查字典；我不会吹葫芦丝，哥哥也会来帮助我，鼓励我。哥哥真像我的小老师，还像一个小雷锋。我想对哥哥说："我爱你，我们是永远的好兄弟。"

3月31日　星期五　晴

我爱爸爸

下午放学回到家，正要写日记的时候，我突然发现书桌上放着一张纸条。我一看，啊，原来是爸爸给我留的纸条。

爸爸在纸条上说："菜我都切好了，一会儿等妈妈回来炒一下。米饭也蒸好了。你在家好好写作业，爸爸去帮你二叔搬家。今天的日记，爸爸中午已经跟你沟通了思路，相信你肯定能写好。悦悦加油！爸爸爱你！"

读完爸爸给我写的纸条，我非常非常感动，我想对爸爸说："爸爸，我也爱您。"

3月31日　星期五　晴

我爱妈妈

我爱我的妈妈，我的妈妈是一位面点师，她每天起早贪黑，很辛苦。

今天是星期五，天气晴朗。中午我到妈妈的单位吃饭，一进门就看到妈妈在忙里忙外地跑来跑去，额头上渗出细小的汗珠。那些小汗珠忽然全跑进了我的眼眶里，都变成眼泪涌了出来。妈妈端着饭过来了，我赶紧偷偷把眼泪擦干坐到了座位上。

吃完午饭，我去妈妈的宿舍睡觉。睡到自然醒，一看手表已经1:45了。我收拾好床铺，刚打开房门，就看到妈妈向宿舍跑过来，边跑边说："哎呀，一忙就忘记时间了，幸亏你自己起来了。"我立刻迎着妈妈跑过去，对妈

妈说:"妈妈,今天下午我自己去上学,您就不用送了。"

妈妈,我的好妈妈,您为我操碎了心。妈妈,我爱您!

4月2日　星期天　晴

昨天,我用一节课的时间,和孩子们一起计算了3月份各小组的总成绩。之所以让他们参与进来,一方面是为了增强他们"我的世界我做主"的小主人意识,另一方面是为了让他们经过比较,明白自己的小组在哪一方面是弱项,从而确定下一个月的努力方向。

分数统计完之后,根据从高到低的排序,我依次宣布了获得一二三等奖的小组。获奖率是我和班主任王老师提前商量好的,每月确保50%的学生得到鼓励。这样下来,在一学期之内,每个小组都有获得奖励的机会,除非某个小组成长得实在太慢。

结果已明,就该考虑下个月的小组建设了。我给了五分钟时间让他们讨论换不换组长。如果要换,必须要另外三个人同意。这样做的目的是为了让他们知道小组的成长是每个组员共同的责任,并非组长一人所担。

五分钟之后,我让他们汇报,没想到他们的讨论居然有了以下这些分类:第一类,组长不变,因为大家觉得原组长当得好;第二类,组长要变,而变的原因各不相同:1. 原组长主动让位,想把当组长的机会奖给小组里进步最大的孩子(鼓励学困生);2. 原组长当得不错,但想让别的孩子也得到锻炼,所以小组决定大家轮流"坐庄"(共同成长);3. 原组长还想继续当,但另外三位组员不同意。双方僵持不下,谁也说服不了谁。4. 小组成员有一人请假,要等请假的组员来了再定。

孩子们的讨论结果令我又惊讶又欣喜!我想,这是不是就是荆志强老师所说的"只有解放才能充满活力"的境界呢?

4月3日　星期一　阴

老大，再见！一定再见

前些日子，朋友送我一本书——《老大，再见！》，韩梦泽著。一个我没听过的名字，所以我的阅读欲望没有多么强烈，一直将它放在办公桌上。

清明节放假的前一天，整理办公桌时，看到它，心里一动：不如趁小长假阅读一下吧。

昨天睡到自然醒，吃喝完毕，我拿起了《老大，再见！》，只读了短短几页便被深深地吸引了。01：11，在美好的温暖与对主人公朴宏远的无比敬重中，我轻轻合上了这本书。

想一想，应该已经很久没有这种手不释卷、挑灯夜读、目走如行、"书当快意读易尽"的感觉了。好酣畅淋漓啊！正如封面推荐词中所写："这是一部能让中学生泪奔，能让校长下令全体教师必读，能令家长温暖唏嘘放不下的小说。"抑制不住内心翻涌的情感，顾不得夜已深深，我给朋友发了微信："亲，今天才有空翻开这本书，但我也庆幸是今天。没有人打扰，一个人静静地沐浴在字里行间，与书中的一个个人物见面、熟悉，最终感同身受。合上书，心灵完全是受到洗礼之后的纯净与神圣！我为我的职业骄傲，更为'教师'二字沉甸甸的责任而肃然起敬、心头凝重。感谢你，让我得到如此美丽的礼物！"

接着，我又拍了两张照片，一张是书的封面，一张是故事中11班的

七条与众不同却深入人心的班规，并附上一句感言发至微信朋友圈："在我们每个人心中，都需要一个这样的老大！"

那一刻，时钟显示01：21。

好了，睡吧，明早继续睡到自然醒。

早上一睁眼，07：00。《老大，再见！》中的人物、画面争相浮现脑海。于是我再无睡意，翻身起床，打开电脑，写下思绪。

不知道是谁说过这样一句话："读书的魅力在于你能越来越清楚地找到自己。"前两天还读到这样一句话："在找到智慧之前得先找到快乐，找到快乐之前得先找到自己。"是的，找到自己、遇见未知的自己是我们一生的功课。

当在键盘上一个字、一个字敲击的时候，微信圈里的那句话，我想修改成"在我们每个人心中，都是需要一个这样的老大的，老大或是别人，或是我们自己。"

4月4日　星期二　晴

天赐"收心"良机

中午和几个姐妹聚会。想到明天要上班，大家就早早结束，回家做好上班的准备。

回到家已经快五点了。睡了一会儿，起来后看到班级QQ群里有孩子在发语音。说了什么呢？我点开语音。哦，是天谕在背课文。可是我没布置这项作业啊！窃喜之中，我禁不住夸了一下这个孩子。

好孩子真是鼓励出来的。这一鼓励可不得了了！QQ群不消停了！孩子们开始一个接一个发课文背诵的语音。

灵光一闪，这不是天赐的"收心"良机吗？太好了！

我开始一一收听，竭力找出他们最大的闪光点和最需努力之处。看我如此关注他们，有几个孩子甚至开始一篇篇朗诵还没有学过的课文。

不知不觉，"相约八点半"的时间到了。我招呼一声："孩子们准备好了吗？我们去听故事、听朗诵喽！"

俄顷，我和孩子们、家长们就相聚在了微信读书群里，听家长朗诵，听"故事大王"讲故事，交流彼此的感受。今晚的家长们格外踊跃，把孩子们一下子带到了学习的氛围当中。

很快，时间指向21：10，刚好武校长转发了一篇关于做好学习准备的亲子日记，后缀武校长一贯的精彩点评。我这"搬运工"赶紧将此搬运到我的班级读书群，后面也缀了一句："好了，时间不早了，我们明天精精神神、干干净净地在校园里见。都快去做好学习的准备吧。要自己准备哦！"

明早我一定要仔细看看，哪个孩子最精神、最干净。

4月5日　星期三　晴

早上一进教室，我就细细打量孩子们，看看最精神的、最干净的小朋友在哪里。

"都坐起来，让我看看谁最精神、最干净？"

唰的一下，孩子们个个挺直了身体，眼睛睁得大大的。嘿！每一个都是棒棒的！想找出一个萎靡的小家伙还真不容易。

困难交给孩子们。我心生一计："来，四人小组互相观察观察，找出你们组最精神、最干净的。待会儿汇报。"

约莫一分钟,汇报开始。汇报结束,大部分小组推选出来的都是男孩子。我挨个儿看了一遍,怪不得呢,这些男孩全都是刚刚理过发的。第一小组推选出来的彤彤是唯一一个女孩子,为什么呢?小丫头换发型了!这帮小家伙,眼睛还挺亮的啊。

先表扬推选出来的代表,然后我又对全班进行了表扬:"今天的小朋友,个个都是挺拔的小松树,小男孩帅气,小女孩漂亮。掌声送给自己!"

接下来,我开始读家长们的亲子日记,这是我在小长假前对家长们的承诺,目的是为了培养他们写日记的兴趣。

忽然,有孩子指指门口,我扭头一看,瘦小的思颖站在门外。看看手机,8:16,整整迟到了31分钟。打开门,让孩子进来,我故作生气,严肃地问:"怎么这么迟才来啊?"

"老师,我发烧了。"思颖怯怯地说。

我将手掌放到她的额头,还真的有些烫呢。心里不忍了,于是再次把困难抛给孩子们:"思颖真的发烧了。那么她今早的迟到,老师是该批评还是该表扬呢?"

小家伙们没让我失望,边举手边喊着:"表扬,表扬。"

我佯装不明白:"谁来说说为什么?请王鹏说。"

王鹏站起来,说:"老师,应该表扬思颖。因为她发烧了还坚持来上学,没有请假休息。"

"对,对。"孩子们点头赞同。

"那就把掌声送给思颖吧!"

热烈的掌声响起。之后,我继续分享亲子日记。

下午,我和班主任王老师一起给孩子们颁发三月份的小组奖。孩子们可高兴了!

颁完奖,我们又和孩子们一起照相,用合影记住这个值得纪念的日子。

放学了，看着孩子们或喜悦或失落的模样，我想：人生百味都应该让他们尝尝。胜利也好，失败也好，都是一种经历。种种经历，都该不时出现在他们的生命当中。

4月6日　星期四　晴

家庭教育不容忽视

下午开完会，坐公交车回家。

下车后，为了避开熙熙攘攘的人群，我抄捷径，走小路。快到小路尽头时，我看见三个中学生背着偌大的书包藏在背街抽烟。走近了，居然看到是两个女孩和一个男孩！男孩先给自己点了一根烟，接着给对面女孩的嘴里塞了一根烟，咔嗒一声打着火机，点着了香烟。动作之娴熟，足以看出他们不是第一次有这样的行为。虽然是一条小巷，但因为小巷里有好几家蔬菜铺，再加上刚好是下班时间，所以来来往往的人还真不少。可是这三个孩子一边抽烟一边聊天，一副旁若无人的样子。

没有任何证据，我的第一判断就是这几个孩子的家庭教育绝对是有问题的。

想起看过的一部电影——以美国 20 世纪 70 年代的超级名模吉娅·卡兰芝为原型的影片《吉娅》。这是 HBO 拍摄的一部传记型电视电影，讲述了吉娅 18 岁成世界第一超模，之后却堕落吸毒，26 岁死于艾滋病的故事。影片根据认识吉娅的人对她的描述和吉娅写的日记拍摄而成。

导致吉娅堕落、吸毒的根本原因是她的原生家庭一直不和睦，她经常目睹父母吵架。11 岁那年父母离婚，母亲抛下家庭独自离开，这给从小就

非常依恋母亲的吉娅造成了巨大的心理创伤。成年后，她的个人感情屡遭失败，使得这位在 20 世纪 70 年代"每天的收入是一万美元"的天价模特染上毒瘾，最终在 26 岁时死于艾滋病。

唤醒家长，建设智慧的家庭教育不容忽视！

4 月 7 日　星期五　阴

原来，你如此优秀

快下班的时候，手机铃声响起。拿起来看看，是一个陌生号码。是谁呢？

接通后，照例问候一声："你好！"

"您好，石老师。"对方急切地问候我，"我是峰峰的妈妈。很抱歉，今晚我临时接到通知要加班，孩子被老人接走了。老人没有微信，所以今晚峰峰的'故事大王'就没法当了。"

"能不能找邻居帮一下忙？"

"不行啊，要是邻居可以帮忙，我也就不急着给您打电话了。实在是不好意思。"听得出对方的为难。

"那好吧，我来找人替他。也怪我通知得有些晚了。"

挂了电话，我就想办法。怎么办呢？给谁打电话救场呢？班上孩子的电话，我只知道三个，都是已经当过"故事大王"的。对，干脆在群里"呼救"。于是我打开微信群，发出紧急通知："今晚的'故事大王'有事，不能讲故事了，哪个孩子愿意救个急？"

屏幕一闪，有人回应："许丹阳举手。"是许丹阳的妈妈。

许丹阳？我还真有点担心。她上课回答问题的声音就像在说悄悄话，鼓励半天也不见起色；作业呢，勉强写完，至于书写就别提了，有好几次组长收作业，她都说作业没带，等隔天拿来，根本就没写完……这个任务交给她能行吗？可不行又咋办？不但有言在先，且离"相约八点半"也就剩下三个小时了。

"好的，谢谢您！那就抓紧时间让孩子好好准备。"

"好的，石老师。"

"注意讲故事的语气哦！"我还是不放心，忍不住叮嘱了一句。

"嗯嗯。"

回家吃过饭，静等八点半。

故事准时发出。点击收听。哇！这是许丹阳吗？那音量、那语气，完全不是课堂上的那个小女孩。她和妈妈各自扮演了一个角色，给孩子们生动地讲述了安徒生的经典童话《丑小鸭》（最近，我们全班阅读整本《安徒生童话》）。

群里孩子们的赞扬声此起彼伏，我也由衷地发出一句："丹阳，今晚让老师看到了一个完全不一样的你，一个优秀的你！这个发现太令老师高兴了！"

下周一，得面对面在教室里给她加加油。

4月8日　星期六　阴有雨

"新官"上任

早上，看到昨晚23：46时，统计员悦悦爸爸公布了统计结果："今晚参加互动的一共有50位小朋友。由于有工作在忙，统计得迟了，实在

抱歉！不多说了，大家晚安！"

蓦地想起，有一天悦悦爸爸和我说起他最近要考试的事情。我怎么给忘了呢？赶紧发出一条信息："@张涵悦爸爸，知道您快考试了。要不最近您一心一意复习，迎接考试，我们找个家长接替您做统计员。一个月了，也该换换，让您休息休息，同时也给别的家长一次为孩子们服务的机会。您的意见？"

悦悦爸爸回复："可以，谢谢石老师。"

中午一点，估计家长们忙完了，我和大家商议换统计员和群主（悄悄征求了群主的意见，打算更换群主，让他也休息休息）的事情，并倡议爸爸们行动起来，补位家庭教育，参与到孩子的成长中来。

倡议一发出，不到五分钟就有两位爸爸主动请缨了。我让他们一一对应交接，"新官"今晚就上任。

从今晚的活动情况看，一切如常，两位"新官"得心应手，对岗位职责清晰明了。再加上两位"前任"不时出来出手相助、烘托气氛，孩子们的参与积极性一点没有受到影响。

想起武校长那句话："爸爸不缺位，妈妈不急躁，孩子才能幸福成长。"下个月，还应该用这种方法调动爸爸们的积极性。

【附：爸爸们的三篇亲子日记】

（素烟爸爸）

4月5日　星期三　晴

时光流逝，转眼间女儿已经是二年级的学生了。女儿天性胆小，在家说话滔滔不绝，但是在外面就变得寡言少语。

今天晚上刚进家门，女儿就迎上来抱住我哭了。我问她："是不是哥哥打你了？"她摇了摇头。我没有再问。我想，等她的心情平静了以后会告诉我的。

过了一会儿，女儿的哭声变小了。等她止住了哭声，才给我讲出了原因。原来今天下午老师给表现优秀的同学发了奖品，她没有得到奖品，觉得自己不优秀，因此哭了。

听了女儿的话后，我感到自责和内疚。女儿的眼睛弱视、散光，眼科医生说尽量不要让孩子看电视和手机。为了孩子的眼睛着想，家中的电视也搁置起来了。晚上回到家，我会检查一下女儿的作业，讲一下她不会做的题，让她看一会儿课外辅导练习书，时间充足的话，再讲一下童话的主要内容。老师主持的"相约八点半"，女儿没有朗读过一篇短文，让她幼小的心灵受到了伤害。

看着女儿哭红的眼睛，我的心情非常难过。我对女儿说："你不要伤心了，要振作起来。爸爸相信你，你在我的心中是最棒的！"女儿高兴地笑了。

（虎豪爸爸）

4月5日　星期三　晴

夜间随记

今天写亲子日记，主要是因为孩子的请求。中午孩子说石老师读了几篇日记，都是别人的爸爸写的，他小有失望，希望我们也写一写。写写昨天的故事吧，算是追忆了。

昨天下夜班回来，家里只有孩子一个人（他妈妈去上班了）。没想到他把家里的地板全拖了，颇有一副小主人的样子，令我好感动呀！我不失时机地进行了表扬，接着他跟我商量：他争取尽快把作业做完，下午让我带他出去玩一会儿。我当然同意了！得承认，这段时间为了孩子的学习，亲子关系有点紧张，从前面两个细节看出，孩子已经在想办法改善这种局面了。作为家长，我很惭愧！

整个一上午都在写日记，内容是《朗读者》中曹文轩的情况。我们打开电脑，选择性地看了关于曹文轩的内容。日记一共写了三遍，第一遍写草稿，第二遍辅导与修改，第三遍誊写。整个习作实现了教学的三维目标，知识与技能方面主要有写人记事的要素和一点文学知识，过程与方法方面让其充分体会习作的步骤，重点是情感态度、价值观的培养，让他知道感恩，通过文字与故事滋养心灵，汲取力量，寻找榜样，确定目标。

虽然很累，但很充实！我对家教所持的态度是：因上努力，果上随缘。但愿我播的种子能够发芽、开花、结果！

虎豪爸爸写于家中

（佳颖爸爸）

4月5日　星期三　晴

这是我二十多年来第一次写日记，也许是受到了女儿的老师和同学家长的影响吧。

昨天晚上由于我心情不好，女儿在写作业的时候，我生气打了她。今天早上是她妈妈送她去学校的，平时只要我在家，女儿都要我去送她。女儿在临走前悄悄地告诉我："爸爸，中午你接我好吗？我不想去小饭桌，想在家吃饭。"我点了点头。

中午，天气格外晴朗，我接女儿回家。一进家门我就问女儿："你还生爸爸的气吗？"

女儿摇了摇头说："不生气。"

我又问："你不怪爸爸吗？"

她撅起小嘴说："不怪。"

"为什么？"我继续问。

她抬起头望着我说："因为你是我爸爸呀！是这个世界上我最亲的人，我永远也不会怪你的。"

看着她认真的样子，我心里觉得酸酸的。我把她拉到跟前说："昨天晚上是爸爸错了，不应该打你，爸爸给你道歉，对不起！"女儿的眼睛有些湿润了，小声地说："没关系的，爸爸。"说着扑到了我的怀里。

搂着女儿娇小的身体，我心里有种说不出的滋味。

4月9日　星期天　阴

敬业的你如此美丽

学校即听即评教研活动已经开展一个月了，一个月来的感受，可用一句话来表达——"敬业的你如此美丽"！

语文课上，你耐心地领着孩子们由浅入深地体会生病住院的小男孩——柯利亚心情的变化，孩子们读着，说着，与柯利亚的距离越来越近。穿梭于讲台与教室走道之间的你，很美！

虽然这是一节数学课，可你除了教给孩子们数学知识外，还培养了他们那么多良好的习惯：比如认真倾听，比如计算完后认真检查，再比如身板坐正、小手举端等等。好习惯益终身啊！作为数学老师，你还具有让孩子将话说完整的强烈意识。是啊，语言是思维的外壳，口中能说清楚，那心里一定就想清楚了。最后一个教学环节是与语文的整合——让孩子们找到语文儿歌《九九歌》中的数学信息。小小的设计，新颖得令人惊喜！因为语文与数学的完美结合，让孩子们感受到学习是一件多么有意思的事情。知道吗？悄然间，你将"热爱学习"的种子播撒于孩子们的心田，学习一定会成为孩子们内心自发的情感与动力。源于此，你是美丽的！

你虽不是生活中的妈妈，可听听课堂上那一句句亲切的话语："孩子，你再想想。""孩子，读得真不错。""孩子，看仔细了。"谁能说你不是一位漂亮的妈妈呢？

在小学校园里，美术课是一门多么不起眼的小学科，可你凭着自己一贯的认真，使"孩子们特别爱上美术课"不再是传说，而是砂小校园一道靓丽的风景。课堂上，你的每一句话，每一个眼神，每一个动作（间或轻轻抚摸一下学生的后脑勺，悄悄点一下学生的画作），无不折射出对学生的爱与尊重。即使没有知识的传授，这也是最好的教育！何况你还教给孩子们那么多画出漂亮雪花的奇思妙想。听课的我一边羡慕着孩子们有你这样的好老师，一边遗憾自己从没上过如此有趣的美术课。在我听来，孩子们作画时发出的"沙沙沙""当当当"的声音是那节课最美的声音，因为我知道，唯有沉浸在作画过程中的孩子们才会如此无所顾忌地制造出各种声响。哦，不，还有另外一种动听的声音，是孩子们作画时缓缓流淌的背景音乐。选取的背景音乐与教学内容水乳交融，让学生的情绪得以舒缓，心情得以放松，全然静心作画。看着教学生作画的你，好美！

互动评课了，听着你一句句不走过场的中肯评议，既有对他人的肯定，更有改进教学的良好建议。坐在一起，不为吹捧，不为应付，只为共同进步。手拉手一起前进的我们，真的很美！

所有做过的事情都不会白辛苦，我们会用自己的付出获得应有的自尊与自信，这当属于每一个砂小人。

敬业，使我们如此美丽！

4月10日　星期一　阴有雨

周五，学校优秀班主任贺老师借我的《老大，再见！》去看。我告诉她："要留下阅读痕迹啊！"以她对工作的热爱，我相信会与书本产生很多共鸣，也会有很多感受。

今早，贺老师把书还给了我。因为早晨课多，我利用大课间的时间快速翻看了一遍。不出我所料，她果真留下了阅读的痕迹——好多页都留有她漂亮的批注。这书算是没白借给她。

因为安排明天的数学生本研讨课，我在老师们的办公室待久了一些，已过了下午下班时间。我刚回到办公室门口，小侯老师兴奋地喊了一声："石校长，您没走啊！"

"没走。怎么，有事？"

"下午，贺老师一直跟我聊《老大，再见！》那本书，聊得我热血沸腾，所以找您来借。等半天了，还以为您走了。"

"哦，进来取吧。"

我走到办公桌旁，拿起书递给年轻的小侯老师。

"借可以，不过可有个条件，必须留下阅读的痕迹哦。"我笑着说。

"啊？"小侯老师略一迟疑，"好的！"研究生毕业的她怎么可能在这个小小的任务面前退缩。

望着她离去的背影，想到这本书将以这样的方式一次次传递下去，我笑了。

刚坐定，电话响了，是虎豪爸爸打来的。原来他又给儿子写了一封信，

希望借我之手转给孩子。我乐此不疲，爽快答应。

【附信一封】

给儿子的一封信

宝宝：

当你看到这封信的时候，爸爸妈妈还在上班，我们相信你能照顾好自己。不知不觉你已经长大了，可以独自上学、回家了，可以帮我们干些家务了，可以独立完成一些作业了，有自己的主见了　　对于你的成长和进步，爸爸妈妈由衷地感到高兴。但你也存在一些不足，对你提出以下希望：

1. 控制自己的情绪，对人有礼貌，包括对爸爸妈妈。

2. 学习上积极主动一些，不要拖拖拉拉。

3. 作业再细心一点，要么写作业时再专注一些，要么养成完成作业后认真检查的习惯。如果能同时做到这两点，那就太棒了！

对了，你今早的样子特别精神、帅气！为你点赞！

无须写回信，我们只看你的行动！

紧紧拥抱

爱你的爸爸妈妈

2017 年 4 月 10 日

4 月 11 日　星期二　阴

生本课堂研讨

继上周的语文生本研讨课之后，今天上午，我校的数学生本研讨课如期开展。

参加活动的除了安青学区各校教师代表，还有钱焕玉、赵生武、赵隽三位名师工作室的成员。

两节研讨课结束之后，稍作休息，评课议课开始。

首先由我校两位年轻的执教老师说课，然后听课教师谈听课感受，最后赵隽、赵生武和在座教师交流。

两位名师给我印象最深的是谈到了这样两点：一是作为教师，一定要多看书，提高自己的专业素养；二是要有问题意识。一方面，教师对这节课要解决的问题必须心中有数，另一方面要培养学生的问题意识，即培养学生发现问题、解决问题的能力。他俩还谦虚地说，这属于题外话，与这两节课没有直接的关系。但我知道，这恰恰是他俩最想传递给老师们的思想。评课议课绝不是就课论课、仅仅评论一节课的好坏，而是就课论学科教学，就课论学校教育。在《静悄悄的革命》中，佐藤学就有这样的观点："研讨教学的目的绝不是对授课情况的好坏进行论述，因为对上课好坏的评论只会彼此伤害"。

那么，研讨是什么呢？看到一段话，颇为赞同——

从目标上，它是问题解决和教师专业发展的统一，一方面以教育教学实际问题为抓手，以参与问题解决促进教师专业发展，把问题解决的过程变成教师专业发展的过程；另一方面，它以教师专业发展为解决教育教学问题的前提，通过教师专业发展实现教育教学问题的最终解决。

从终极目的看，研讨就是为了"人"的幸福，研讨是"成人"与"成事"的统一，一方面通过改进教学，提供高质量的课堂教学，促进"学生"作为"人"的幸福成长；另一方面通过教师的专业成长，促进"教师"作为"人"的幸福生活。

希望每一次研讨活动，都能让我们的老师获得苏霍姆林斯基提倡的"教

学研究可以让教师体会到职业的幸福"。

4月12日　星期三　阴

在路上

刘欢老师有一首歌叫《在路上》。我很喜欢里面的歌词：

> 那一天
>
> 我不得已上路
>
> 为不安分的心
>
> 为自尊的生存
>
> 为自我的证明
>
> 路上的辛酸已融进我的眼睛
>
> 心灵的困境已化作我的坚定

是啊，活着是为了什么？每个人都应该找寻到答案。在我看来，活着的意义在于拥有尊严，拥有自我。

下午四点半，当十中礼堂响起"最美教师"（我自己这样称呼她们）娓娓道来的教学故事、教学观点、教学思考时，看着手里的校本培训手册《在路上》，不由得想起了刘欢这首给予无数人力量与勇气的歌曲《在路上》。

不管从事何种职业，不管踏上职业道路是怎样的缘由，总之，我们每个人终将上路，并且一直走在路上，直到生命终结的那一天。那么，这一路，我们应该留下些什么？

看着眼前的主席台上站着的那位仅仅工作了一年的北师大毕业的女孩，听着她静静而自然的讲述，我在心里不断感叹："后生可畏！"

时光飞逝。想当初，我刚刚参加工作时也不过 19 岁，而今年已经是我走上教育之路的第 26 个年头了。那么我最初的教育理想"做孩子喜欢的老师，做家长信任的老师"实现了吗？远远没有！我还在奋斗吗？我不能给自己一个坚定而清晰的回答。

尤其是最近，因为一些计划之外的琐事、杂事，我的状态不是特别好，主要表现在这几天主动性明显退步，每天都以被动、懈怠的面貌出现在单位。我不知道自己应该去做什么，也根本没有做什么的心情，心一直凌乱着，找不到依靠，找不到安静，找不到方向。如果就此沉沦下去，看看眼前势如朝阳的女孩，我一定会被落得老远。难道就这样走到退休吗？难道就这样甘心浪费未来属于我的每一天吗？

不！为了有自尊的生存，为了自我的证明，辛酸与困境都将化作我的坚定——走，往前走！

感谢"最美教师"罗菊玲老师和袁慧老师，这一老一少的演讲让我警醒：只有坚持走好每一天，只有心向目标始终行，我们才能追寻到属于自己的那份踏实与宁静，生命也将因此而饱满。

在路上，坚持，坚持，坚持！

4 月 13 日　星期四　晴

"故事妈妈"来了

下午 2：10，我们班的第一位"故事妈妈"来了！

她一进教室，孩子们就窃窃私语："这是谁呀？"我让他们猜。有猜是上美术课的老师，有猜是上英语课的老师，还有些猜是来讲故事的……

至于这个人是谁，没几个小朋友知道。

我隆重介绍："这是我们二年级一班的第一位'故事妈妈'。今天下午，她来给小朋友们讲故事。她就是段雅菲的妈妈。大家一起向阿姨问声好吧！"

孩子们兴奋极了，争先恐后地喊着："阿姨好！阿姨好！"

"故事妈妈"带来的故事是安徒生的童话《一个豆荚里的五粒豆》，细心的妈妈还给故事配了音乐呢！在轻缓的音乐旋律流淌中，故事开始了。我让孩子们选择最舒服的姿势来倾听。没有人说话，没有人做小动作，没有人东张西望，所有的目光投向了"故事妈妈"。

八九分钟后，故事讲完了，"故事妈妈"准备了几个问题和孩子们互动交流。有些问题很简单，只要认真听了，立刻就会有答案；有些问题是需要孩子们思考一下才有答案的。

交流完，我让孩子们和阿姨说再见。我说："以小组为单位，商量一下用什么样的方式向阿姨表示感谢，并且道别呢？"

雨萌小组第一个举手。四个人站起来一起说："阿姨，谢谢您给我们带来这么好听的故事！"说完，四个人深深鞠了一躬。

"还有别的小组要表达对阿姨的谢意吗？"

孩子们抢着举手，我连叫了两组，孩子们都是用同样的方式——语言加鞠躬来表示感谢。

"还有别的方式吗？"我挑战似地询问，同时伸出双臂。

有小组立马明白了我的意思，抢着举手："我们小组不一样！我们小组不一样！"

我把他们叫起来，四个孩子排着队跑到讲台上一一和阿姨拥抱。别的孩子一看，立刻喊叫起来，叫声里包含着满满的恍然大悟和惊讶之情。看来，孩子们很少得到拥抱，也很少去拥抱他人以表达内心的情感。

要求和阿姨拥抱的人越来越多，看看时间，马上要上课了。于是我说："这样吧，没有拥抱的孩子，伸出你的小手和阿姨握握手，阿姨还要去上班呢！"

孩子们颇为无奈地点头应允。

在一次又一次的握手道别中，我将"故事妈妈"送出教室。边往前走，我边揽住她的肩膀表示感谢。她却一再向我致谢："石老师，谢谢您！谢谢您给我这个机会，您让我感受到了孩子们带给我的温暖。"

孩子们，你们温暖吗？

4月14日　星期五　阴

一件一件慢慢做

昨天和班主任、数学老师聊到孩子们最近的状态，我们都觉得他们心浮气躁，各方面不踏实。集中的表现是作业出错率高，而且出错的题目都十分简单。

我们反思：是不是我们给予他们的欣赏和笑脸过多了？是不是班级的活动搞得多了？是不是我们过于贪多求全，仅仅在这一学期就想要改变他们太多？

今天早晨，学校一半的老师去体检，另一半老师看班，我也是其中之一。因为时间多，我就想和孩子们谈谈这个问题。我先说了他们心浮气躁的表现，然后问："老师说的这些情况，你们有没有？"他们点点头，面有愧色。

"那怎么办呢？就这么粗心下去？"我语气生硬地问。

胡浩组长举手了："老师，我让他们改。"

"他们？是谁啊？"

"就是我们组的成员。我让他们上课认真听讲，做作业的时候也要认真，不再粗心了。"孩子的语气很诚恳。

"光让他们改，那你这个组长呢？"我仍然绷着脸。

"我也要这么做。"

"对了！组长责任重大，一定自己先带头做好，这样你管组员，人家才听啊！"我边环视教室边说，"既然胡组长带头发言了，别的组长都说说吧。"

等所有的组长说完，我说："你们同意组长刚才的意见吗？"

"同意。"

"能做到吗？"

"能！"不用想都知道是这个答案。

"那好，老师就看你们谁说到做到了。上课！"

下午，我利用空闲时间，上网查阅如何解决孩子浮躁的问题。看了好几篇文章，比较认可的是以下四点：

一是要求孩子做事情要先思考，后行动。可引导孩子在做事之前，经常问自己这样一些问题："为什么做？怎么做？希望得到什么结果？

二是要求孩子做事情要有始有终。不焦躁，不虚浮，踏踏实实做每一件事，一次做不成的事情就一点一点分开做，积少成多，聚沙成塔。

三是指导孩子学会调控自己的浮躁情绪。例如做事时，孩子可用语言进行自我暗示——"不要急，急躁会把事情办坏"，"不要这山看着那山高，这样会一事无成"，"坚持就是胜利"。只要孩子坚持不断地进行心理上的练习，浮躁的毛病就会慢慢改掉。

第四，鼓励孩子向身边的榜样学习。用周围同学的优良品质来对照检查自己，督促自己改掉浮躁的毛病。

下周，可以一边改变自己的教学行为，一边选择其中的方法一试。

4月15日　星期六　阴

在碎思的点点微光中前行

下雨了，哪儿也不想去，便翻开武校长的《校园，幸福教育的栖居》看起来。

第一篇是管理篇《教育要"目中有人"》，其中一篇《"零批评"管理的魅力》吸引了我的目光。

"管理要管人，管人要管心，管心要关心。"

"学校管理上，我有一定之规，那就是用情管理，以心换心，关爱、爱护每一位员工。"

当你尝试记住每一位教师的生日时，就会有更多教师记住你的生日；当你在每一位老师生日当天发出祝福时，你就储备了祝福给自己；当你在教职工个人问题上付出关爱、关心与关照时，你就会发现老师们会把他们的感激带到工作中，加倍地关爱学生，提升工作成果；当某位教师的工作出现失误时，你不是严厉斥责，而是促膝交谈，帮其查找问题症结与原因，你会发现他的进步之大令你吃惊……"

《背好自己的"猴子"》一篇也很不错，用生动形象的说法让读者明白了"每个人（校长、中层、教师、学生）要背好自己的猴子"是多么重要。

虽说每一篇都是碎思，但其中闪烁的点点微光足以照亮我眼前的路。

4月16日　星期天　晴

我们一起去北京

早上起来，洗漱完毕，就坐在电脑前整理我上周的一篇教学反思。如下：

周三的早上，我和孩子们一起学习第11课《我多想去看看》。本课是一首诗歌，用第一人称，以一个山村小孩的口吻，通过"我"和妈妈的对话，讲自己非常想到遥远的北京城去看看天安门广场的升旗仪式。感情真挚，语言朴实。原文如下：

我多想去看看

妈妈告诉我，
沿着弯弯的小路，
就能走出大山。
遥远的北京城，
有一座天安门，
广场上升旗仪式非常壮观。
我对妈妈说，
我多想去看看，
我多想去看看。

通读课文、识记生字之后，我把重点放在最后两句的感情朗读指导上。

先理解文意。我装出一副奇怪的模样，问："为什么最后作者把'我多想去看看'说了两遍呢？重复了吧？啰唆了吧？"

"没有。我觉得是这个小朋友实在是太想去了，才把同样的话说了两遍。"机灵的张雅丽举手说。

不需要我补充一个字，回答得太完美了！

"大声再说一遍！"我兴奋地鼓励她。

她大声说了一遍。

"小朋友们都听明白了吗？"

"明白了！"

指导朗读正式开始："那谁能读出他特别想去的心情？"

手举如林。

我想制造悬念，让他们通过比较，知道怎样的朗读才是最符合人物心情的。于是首先叫起来一个朗读不是很棒的孩子："小建，请你来读。"

读完之后，我故意撇着嘴评价："如果我是妈妈，我不会答应你去的。因为我一点儿也没听出你特别想去北京的心愿。"

"谁再来试试？试到我这个妈妈答应你去北京为止。"我笑着扫视每一个孩子。

又是手举如林。在我眼里，一年级的小家伙们最可贵的地方就是不懂"失败"二字，初生牛犊不怕虎啊！

陆续叫起来好几个孩子，在我"欣赏＋指出不足"的评价下，孩子们一个比一个读得好。最后，我选定本节课的"朗读冠军"刘梦璇和我一起表演课文，我演妈妈，她演孩子。听，在她一声又一声恳切的"我多想去看看，我多想去看看"的请求中，我这个善解人意的"妈妈"欣然应允："好吧，璇璇，既然你这么想去北京，妈妈答应放假带你去北京看看！"

"噢——"孩子们欢呼起来，好像我的承诺马上就会实现似的，好像我是他们每个人的妈妈一样，好像他们每个人都真的能在我的带领下去北京一样。哈哈，好傻啊，傻得那么可爱，傻得那么天真。尽管我知道自己只是在和他们演课文，但教室里欢腾的气氛还是感染了我，于是我又借机发挥了一把："好，孩子们，咱们现在就上北京吧！不过条件有一个，全班再把最后两句话有感情地读给我听听，读得我这个妈妈满意了，咱们就立即出发。好吗？"

"好——"惊天动地的异口同声。

齐读之后，我满意地笑了，大手一挥作出发状。真是天遂人愿啊，下课铃适时响起。

我和孩子们一起快乐地拥出教室："上——北——京——喽——"

4月17日　星期一　阴

他的同桌在哪里

班上有一个叫瑞瑞的男孩，活泼好动，一笔字写得干净漂亮，但个人卫生却实在不怎么样。为了让他进步，班主任让他和班长坐了同桌。

据班主任说，因为瑞瑞太好动了，几乎跟班上的所有孩子都坐过同桌，但始终没有什么改变。这学期，他和班长坐在一起，班主任觉得他比以前有了明显的进步。可班长的父母不愿意了，专程给班主任打电话说能不能给孩子调一个同桌，她觉得瑞瑞对她的孩子影响太大。

班主任找我商量，问怎么给家长回复。我说："咱们先了解一下，听听孩子们怎么说。"

话虽这样说，但从内心讲，我压根儿不想答应家长的要求。这学期的几次调座位都和家长的意见有关，家长们都希望自己的孩子有一个品学兼优的同桌。可都这么挑来挑去，嫌弃这个有缺点，嫌弃那个有缺点，到底谁品学兼优呢？家长的自私难道不会言传身教给孩子吗？那么学校倡导的宽容大度、互帮互助、团结一心等品德培养如何去落实？仅仅靠学校单方面的努力，实在势单力薄。

唉，教育家长比教育孩子难多了！这也是老师辛苦的原因之一。

4月18日　星期二　晴

家长要和孩子一起遵守规则

临近中午，我校安全办主任发出一则通知：

各位班主任、老师们：

昨天下午 5：30 左右，兰州十中天桥下发生一起惨重的交通事故，一名低年级女生被过往车辆撞飞 10 多米。事故缘由为学生不遵守交通规则，不走过街天桥，而是横穿马路。鉴于事故的惨烈和血的教训，学校特制定《大砂坪小学交通安全教育致家长的一封信》，请各班务必于今天在本班 QQ 群、微信群、校讯通平台对学生和家长进行宣传教育。

因为车祸刚好发生在下班时间，所以好多老师经过十中天桥附近时都看到了马路中央躺着的孩子，从现场判断是孩子不走天桥，横穿马路造成的。今天看到的现场视频证实了我们的猜测无误。

安全是大事。为什么学校反复强调交通规则，还是有人置若罔闻？联系平时看到的现象，不得不说家长的责任不可推卸。

看看某些接送孩子的家长，一手提着书包，一手拉着孩子横穿马路，安全通过后满脸的高兴劲儿，仿佛中了彩票！殊不知家长带孩子横穿马路了，老师讲再多的安全注意事项也就灰飞烟灭了，一千句叮嘱顶不了一次

行动！身教胜于言教啊！

希望所有的家长能以此为戒，和自己的孩子一起严格遵守交通规则。其实，教育孩子遵守交通规则就是在教孩子如何保护自己的安全！

4月19日　星期三　阴

"故事爸爸"来了

今天下午，第一位"故事爸爸"进校园。

活动议程都是我们提前沟通好的：一是讲故事，二是互动交流，三是拥抱再见。全程25分钟，完全利用学校的午读时间。

和上周"故事妈妈"进校园一样，孩子们见到"故事爸爸"很兴奋，又是欢呼，又是鼓掌。我让全班起立向"故事爸爸"问好。之后，孩子们以最舒服的姿势做好听故事的准备。

等教室里安静下来，背景音乐响起来，故事就开始了。"故事爸爸"选择的是格林童话里的《狐狸和狼》，生动有趣，再加上小姑娘张涵悦和爸爸讲得声情并茂，有动作，有语气，孩子们不时发出阵阵笑声。我也忍不住开怀大笑。笑着笑着，猛然发现"故事爸爸"手里居然没拿故事书！啊！他竟然和女儿把故事背下来了！

十分钟后，故事讲完了。"故事爸爸"抛出一个又一个问题，都是我提前和他沟通好的，有培养专注力的，有引发思考的。孩子们踊跃发言，一个比一个积极地表达自己。我知道这与每晚"相约八点半"的训练是分不开的。

到拥抱环节了。"故事爸爸"和每一个孩子拥抱之前都有一段理由陈述，理由完全符合孩子们的特点，我不禁赞叹他的细心（他的理由来源于上月当读书群统计员时的资料——孩子们的语音）。一连抱了七个孩子，个个都是高高抱起，不愧是爸爸啊！和妈妈温柔的拥抱形成了鲜明的对比。随着"抱起、放下""抱起、放下"的不停转换，孩子们的惊叫声也此起彼伏……

上课铃响了，我让孩子们再次起立，和"故事爸爸"说再见。没想到"故事爸爸"竟然说："因为是第一次和你们见面，我还给你们带了一份小礼物呢！"说着，从包里取出一个又一个糖果（我以为），孩子们兴奋地喊起来："溜溜梅！溜溜梅！"一直喊到最后一个孩子拿到礼物。"故事爸爸"一转身，看着我说："来，给石老师也送一个！"

"哇！"孩子们更加热烈地欢呼起来，紧接着就是掌声响起……

送走"故事爸爸"，一直在读书群里负责现场直播的我难抑心中的激动，在频频发出的视频、照片之后用这句话作为直播活动的结束语："感谢我们的'故事爸爸'，感谢他给予孩子们暖暖的爱！"

快六点的时候，"故事爸爸"在读书群里和我们分享了他的心得。

于是，我也简短分享了我的心得：多么美好的午读时光啊！

4月20日　星期四　晴

"故事爸爸"在哪儿

昨天，第一位"故事爸爸"来校之后，我就开始考虑第二位"故事妈妈"和"故事爸爸"的人选，最后决定用抢票的方式进行。

仔细查看了办公桌上的台历，除去五一、端午、六一等节假日，到第十八周，共需要八位家长进校园，即"爸爸""妈妈"各四位。

担心家长不抢票，我提前试探了一下孩子们："咱们班还需要四位'故事爸爸'和四位'故事妈妈'，谁的爸爸妈妈愿意来学校呀？"孩子们纷纷举手："我的！我的！"

"别抢，你们说了不一定算呢。这样，晚上回家和爸爸妈妈商量商量，到时候抢票。好吗？"

"好！"似乎没有一个犹豫的，语气格外坚定。我心里有了点底。其实，"故事妈妈"的数量我不担心，我担心的是"故事爸爸"，不知道有没有四个人？万一不够怎么办？是让多出来的"故事妈妈"顶替，还是想办法做通爸爸们的工作？到时候看情况吧。

孩子们放学后，我在读书群发出通知，告诉家长晚上21：30抢票。

抢票的结果如我所料，"故事妈妈"的数量超了！"故事爸爸"的数量为0！

这如何是好？先抓住一个再说！我对申请当"故事妈妈"的胡浩妈妈说："'故事妈妈'已经超员了，和您商量一下，可不可以让胡浩爸爸来？急缺下下一周的'故事爸爸'。"

"好的，石老师！"胡浩妈妈丝毫没有犹豫就答应了！

"@胡浩妈妈干脆！亮火（方言词，意为'爽快'）！先替孩子们谢谢你们一家的大力支持！"

至少有了一个"爸爸"，我可以松口气了。这个"爸爸"确定下来，意味着后三周活动将无障碍进行。至于其他三位爸爸，我可以和孩子们联手，保准圆满攻坚克难。

想想，爸爸们不出面是什么原因？是工作太忙，还是不关注孩子成长？是男性不善表达，还是认为此活动无意义？我想，更多的是后者。

为了唤醒爸爸们，我在群里一而再再而三地解释说明："咱们班教语数英的都是女老师，副班主任也是女老师，教音体美的还是女老师，家里也多是妈妈们陪伴孩子，孩子们身上难免女性气息太重，所以我才想到了用'故事爸爸'来弥补他成长过程中的性别缺憾。现在咱们班太需要'故事爸爸'了！要知道，爸妈一起陪伴，孩子的性格才能得到均衡发展。"

爸爸们的定力真好，没有第二人如我所愿地出现。

静等花开吧。只是这"花"好大啊！哈哈。

中午有妈妈主动联系我："我让孩子爸爸试试，他没多少文化，怕不会讲。"

"没事，有我呢。哪儿不清楚就问我。再说还有一个月的准备时间呢。"

"那好的。谢谢老师给我们这个机会。"这个妈妈还真够客气的，应该是我说"谢谢"的。

"陪着蜗牛散步"，慢慢来，相信那两位"故事爸爸"的人选也不是问题。再说，有孩子们和我在一起，担心什么呢？

4月21日　星期五　晴

又见孩子

早晨，有事去了原来的学校。

刚进操场，恰逢下课铃响起。我原来所带班级的教室就在一楼，拥出教室的孩子们与刚走到教学楼前面的我遇个正着，他们一个个跑过来大声喊："石老师！石老师！"有几个胆大的干脆跑过来和我拥抱。看着他们绽开的笑脸，我承诺说："你们先玩，一会儿石老师忙完，去教室看你们。"一阵欢呼后，他们陪我到教学楼门口就散开了。

忙完事情，我履行承诺去教室看孩子们。

教室里正上美术课，美术老师在教孩子们如何做狮子头。为了不打扰老师的正常教学，我悄悄从后门进去，与老师微笑示意后，用手势告诉几个看到我的孩子认真听讲。

台上的老师讲着，我站在后面和孩子们一起听着。毕竟是孩子，听课的间隙总忍不住转过头来寻找我。于是，我站到了讲台旁边，与他们面对面。看看这一个，高了；看看那一个，壮了，小脸蛋都大了一圈。到底是长了一岁啊！

本想等老师讲完，和孩子们好好说会儿话。不料，一个又一个电话将我催出教室，来不及与孩子们道别，我就出了校门。唉，好些孩子，我还没来得及细细查看变化呢。

又见孩子，我依然喜悦，更加喜悦的是自己依然在乎这份喜悦。

4月22日　星期六　晴

牛　气

昨天下午培训完，今天上午又去54中参加金艳金城名校长工作室的培训——"课堂教学改革与教师思维品质的提升"，主讲人为华东师范大学博士生导师李政涛教授。

李教授主要讲了思维品质的"七度"：清晰度、提炼度、开阔度、合理度、精细度、创新度、生长度，并对"清晰度"和"精细度"进行了深入浅出的阐释，可操作性强，学了就能用。

最后，李教授以对"生长度"的阐释作结，与其说是阐释，不如说是对台下每位教师的期望，字字句句铿锵有力："你的格局决定了你的人生结局。"

"思维品质的生长度取决于激情的持续度,取决于自我训练的持续度。"

"自我训练的持续度、专注度,影响人生的远度、长度和高度!"

"自我训练的三大法宝乃登高山、拜高人、找对手!"

......

两个多小时的讲座,教授没有讲稿,没有PPT,讲到什么即刻在键盘上敲击什么,然后投影到大屏幕上,我们再一个字、一个字抄写下来。如此,足见教授的思维品质,一个字——牛!

此刻,翻看上午的笔记,一级标题、二级标题、三级标题,丝毫不乱,怎么练就的这番功夫啊!

接下来,需要静心消化培训所得了。

4月23日　星期天　晴

小小统计员

晚上,本周读书群的统计结果公布出来了,有51个孩子参与了讨论交流。奇怪的是,统计员今天不仅公布了统计结果,还发了两段语音。说了些什么呢?

点开一听,恍然大悟:

"叔叔阿姨好!小朋友们好!我是王嘉荣。因为我爸爸今晚有事,所以由我来统计交流情况。今晚共有51位小朋友发言,大家继续努力!"

听听,完全是他爸爸的翻版。

再听第二段语音:"因为我是第一次统计,可能有漏掉的。如果漏掉了,请大家及时告诉我,我改正。谢谢大家。"

表达清楚，还有绅士风度。真是太棒了！

这个平时不善言辞的、秀气的、甚至有些胆小的男孩居然可以说出这些话，不得不让我惊叹！我的孩子们啊，又一次让我惊讶！明天要和他的家长沟通我的感受。以后的节假日，可以让他们有意给孩子制造这样的机会，让孩子更好地得到锻炼。

4月24日　星期一　晴

邮票不见了

今天要上与邮票有关的课文，所以上周末布置了让孩子买（或自己制作）一枚邮票的作业。早上扫视了一下，有买的，也有自己画的。

童童的家长很周到，把今年发行的3元以下各种面值的邮票都买了一枚。孩子们颇有兴致地观察了童童带来的邮票，获得了邮票的一些基本信息。潇潇自己画了一枚福娃邮票，活灵活现，宛如印制的，孩子们不住地发出赞叹……我呢，不禁为自己布置的作业暗暗叫好。

不料，下午班主任一见到我就说，中午薇薇的妈妈给她打电话，孩子今早带到教室的一套纪念邮票丢了！家长还强调里面有一枚纪念币！

什么？一套邮票！还有纪念币？也不知道它到底价值多少，只觉得早上的兴致灰飞烟灭！

班主任说："我已经给孩子们说了，如果谁一时好奇拿错了，明天还给薇薇就行了。我还在QQ群告知了家长，让他们今晚回去注意观察孩子。"

现在，我不愿意埋怨家长让孩子把这套邮票带到了教室，我更不愿意相信是孩子们的品德有问题。但愿明天有好消息……

4月25日　星期二　阴转晴

邮票回来了

昨天的"邮票事件"，今天水落石出！太开心啦！

早上去教育局开会，中午一回到学校就遇见了班主任。她满脸兴奋地告诉我："薇薇的邮票找到了！"

"真的呀！怎么找到的？赶紧给我讲讲。"我急切地说。

"今天早上第一节课下的时候，第一套邮票回来了，就放在薇薇的课桌里。到中午放学时，第二套邮票也回来了！"

"啊？丢了两套呢！那到底是谁拿的，搞清楚了吗？"

"没有。孩子们都没看到是谁放回去的。我也再没追查。"

可我还是想知道是谁做的这件事，于是说："下午我试试，看能不能找出这个孩子。"

下午第二节是我的课。进了教室，和孩子们互相问候后，我让他们都坐端正，然后开腔："老师这会儿特别开心！知道为什么吗？就是因为王老师告诉我，薇薇的邮票找到了！"

我仔细观察着每个孩子，接着说："昨天我和王老师说，咱们班孩子的品德绝对没有问题，肯定是你从来没见过这样的邮票，特别想拿回家仔细地欣赏欣赏。这种心情我们完全理解。今天能完璧归赵，说明你是个善良的孩子，知错就改的孩子，我和王老师没有看错你们！"

有孩子插话了："老师，有人说是怡轩装书本的时候装错了。"

我没有接他的话，继续说道："不管是哪个小朋友拿的，老师都要表扬你。如果在下课之后你还能悄悄地来找我，告诉我这件事是你做的，那

我会更敬佩你的勇气。"

说完，我们就开始写作业。

下课了，孩子们一个一个往外走。有几个男孩停下来和我聊天，说他们要给谁写信之类的话。静静不知什么时候站在了我身边，小声说："石老师，邮票是我拿的。"

虽然声音小小的，但我却听得异常清楚！我"唰"一下转身看着她："真的啊？"

静静点点头，头低低地垂着。

我欣喜地一把搂住她："你真是一个勇敢的孩子！老师要奖励你！"说着，我从讲桌里拿出早已放好的糖果袋，从里面挑出一块最大的奶糖奖励给她。

"以后遇到喜欢的东西，知道怎么做了吧？"

"知道了。您前面讲的话，我都记住了。以后遇到喜欢的东西，我就大大方方去借。"声音依然小小的，但里面有坚定之气。

我用了用力，把她搂得更紧了。

4月26日　星期三　多云

忙碌与充实

今天又是忙碌的一天。

早上上了一节课，第三节课，我和班主任领着全班孩子去学校对面的邮局寄信，以满足他们对邮票作用的好奇心。

到了邮局，工作人员热情得令我们感动，不仅微笑相迎，还耐心地回答孩子们这样那样的问题。就连保安也没闲着，又是给孩子们贴邮票、粘信封，又是给孩子们一遍遍地指邮箱所在的位置。

也许是没有集体外出的经历，虽然只是出了校门，过了条马路的短短路程，孩子们却个个兴奋异常，走在路上有说不完的话；进了邮局有说不完的话；买邮票时有说不完的话；寄完信了，话还是滔滔不绝。任凭我们怎么"吓唬""利诱"，孩子们就是安静不下来。

寄完信，一路叽叽喳喳地回到学校，看看表，第四节课已经上了十几分钟了。孩子们建议："老师，和我们一起做游戏，回忆回忆你们的童年吧！"我和班主任相视一眼，哈哈大笑起来。这帮机灵的小家伙！

"没问题！"我俩爽快地答应，三下五除二地将他们分成两组，在操场上玩起了"老鹰捉小鸡"。

下午2：10是"故事妈妈"进校园的时间，孩子们照例问好，听故事，交流感受，拥抱再见。我有些奇怪，这是"故事妈妈"进校园的第三周了，他们怎么依然那么兴奋，怎么还是那么在乎"妈妈"的拥抱。

"下一周是我爸爸进校园！"浩浩喊了一声。

"耶！"孩子们欢呼雀跃。

丁零零，上课铃响了，孩子们拿出音乐书……

4月27日　星期四　晴

生本研讨课

早晨第二节课，听小韩老师的生本课。

欣喜于年轻教师接受新事物的速度。虽然没有赴广州大本营参加生本培训，但小韩老师的课已颇有生本的味道。主要表现在以下几个方面：

1. 生本课堂规范的语言系统初具模型

孩子们在互动交流时，都能规范使用课堂交流语言：

"谁想和我交流？"

"谁还有补充？"

"下面有请我们小组 2 号同学发言。"

"我想给你们小组补充。"

"我想评价。"

"我们小组交流完毕，谢谢大家。"

对低年级孩子来说，这样的语言系统很有必要，既培养了表达能力，又训练了缜密的思维。

2. 小组建设初见成效

小韩老师班上的孩子都是四人小组，每个小组长都具备流畅的表达能力和较强的组织能力，一会儿给小组成员分配任务、安排发言顺序，一会儿做总结性发言。可以看出小组长在组内举足轻重的地位，也证明韩老师小组建设的用心之处。

3. 培养了孩子独立思考的能力

在互动交流中，孩子们屡次出现"我和你的看法不一样"的情况，接下来陈述理由时能大胆、清晰地表达自己的观点。我想，不管孩子的反驳是否有力，敢于反驳至少证明孩子们在认真倾听，在认真思考，所以才能提出批判性的意见。如果讲台上站的是老师，下面的孩子未必有反驳的胆量。即使有不一样的想法，也只会悄悄埋在心里，久而久之，就失去了思考的积极性与主动性，只剩下"全盘接受"了。这样想来，生本课堂的确是激扬生命的课堂！

小韩老师的课堂也存在一些问题，就我个人的认识来说，主要为以下几点：

1. 语文课必须有语文味，语言文字的训练还是不能少。

整堂课，孩子们一直在交流，没有读文，没有语言训练，课堂成了读书交流会。

2. 生本课堂，老师的角色如何定位。

老师只是倾听者、记分员吗？引领作用和"导"的作用如何体现？当学生出现错误时，老师如何纠正？什么时间纠正？什么方式纠正？是当下就纠正，还是等学生将观点表达完后纠正？是老师直接纠正，还是引导其他学生纠正？

3. 小组评价如何由功利型转向驱动型，真正把孩子学习的内驱力激发出来？而且评价方式应该有年龄特点，不能全校统一，都是积分制，应该考虑到适合班级的特点。

继续研讨，继续前行……

4月28日　星期五　多云

"小哑巴"开口了

开开，一个8岁的小男孩，一个特别内向的小男孩。

从我正式成为他们的语文老师那天（2017年2月26日）起，到今天整整61天，他终于开口了！

过去的61天，不管什么作业，开开都不交。问他原因，不说，一个字都不说，眼睛也根本不看你，似乎他和你根本不在同一个世界。晚上，微信群里的"为你诵读"活动，每天签到都是55人，总是不见开开出现。

我急在心里，却无从下手。

从以前的老师那里，我知道了他是一个单亲孩子，但监护人——爸爸一直不在身边，他和奶奶生活在一起。那么我去家访，又能解决什么问题？一切外因终归是诱发了内因才能起作用，所以我想等等看吧……

今天，我等到了这样的时机。

早上，从早自习开始，我们就举行"为你诵读"展示，美好的清晨从诵读开始。朱梓萱的一首《远山》激起了我的诵读热情，任思远的《再别康桥》居然是背会之后的诵读，令人惊喜。良好的开端是成功的一半。许是心情太好，我决定改变计划，把原本第一节课要上的"我爱阅读"改为写话交流。

昨天的写话是第三单元的"写出你心中的小问号"。照例一人说一个，接龙展示。轮到开开了。他上了讲台，依旧缄默不语，惜字如金。我鼓励了半天，还是一如既往地无效。怎么办？认输吗？找个台阶自己下吧？不！我心情一好，耐心也比往日倍增，非要再次试试能不能攻破这座碉堡。主意已定，即刻行动。

"哪位小朋友想给开开加加油？"我微笑着扫视每一个孩子。

"老师，我！我！"举手的孩子一大片，这是我没想到的。平时从他们口中听到的是开开一无是处，我以为他们早已经在心里抛弃了这个与他们朝夕相处了一年多的男孩。

"举手的小朋友这么多，老师都不知道该叫谁了。这样吧，请离开开最近的小岩先来吧。"

个子小小的小岩站起来："开开，你心中应该和我们一样，有很多小问号吧？把这些小问号说出来吧，说不定我们还可以帮你解答呢。"

"开开，大胆说，我相信你。"

"开开，别紧张，放轻松。"

"开开，我们都是男子汉，要勇敢。"

众人拾柴火焰高，啊，他终于开口了："我的问题是天空为什么是蓝色的？"

掌声雷动，我被孩子们天使般纯洁的心灵深深感动了。

"开开，我就知道你一定能行，继续加油！"玉暄站起来鼓励着。

"开开，祝贺你进步！"一向文静的朵朵也激动地站起来说。

"开开，你瞧瞧你自己，多棒啊！"昌昌边说边跑上台，给了开开一个大大的拥抱。

接下来的环节是把刚刚说的写下来。大约10分钟后，我有意走到开开身边，看到他已经在纸上写了五六行字了。第一次见到他的字，我有些吃惊，完全不是想象中的胡涂乱抹，还颇为整齐呢！

第三节又是我的语文课。我留心观察着开开的表现：有意无意听讲的样子，虽然离"专心致志"还差得很远，但我已经满足了。就让他像蜗牛一样，以自己认可的方式慢慢成长吧。

如果换做10年前，我可能非要憋着劲让他按照我的方式成长，按时交作业，不交不许回家；按时背会课文，背不会不许回家；问话必须张嘴，不张嘴，老师今天就跟你没完……一副很敬业的样子，一副愚公移山的样子，一副"不到黄河心不死"的样子。可是，孩子按照我们的要求那样做了又如何？他心里到底怎么想，我们知道吗？对他的改变方式，他是心甘情愿接受的吗？我们希望他成为的样子，是他自己想要的样子吗？

蓦地，想起了花儿的那件事。

10年前，我为了展示自己的成就，为了给孩子们树立学习的榜样，无知地将花儿进步的故事登在校刊上，而且用了实名实姓，却不想对花儿造成了深深的伤害，这让我愧疚，让我后悔不迭，也成了我给自己定下的一条教育原则——请用孩子乐意接受的方式教育他。在教育的过程中，老师享受过程，学生享受过程，这才是真正"幸福完整"的教育生活。

李镇西老师说：学生童心的保持，个性的发展，思想的成熟，能力的培养……都离不开教育。但这种教育，不应该是教师居高临下与学生的俯首帖耳，而应该是教师与学生的共同成长。

是的，从某种意义上讲，教育是师生心灵和谐共振、互相感染、互相影响、互相欣赏的精神创造过程。它是心灵对心灵的感受，心灵对心灵的理解，心灵对心灵的耕耘，心灵对心灵的创造。让我们的教育有更多的民主、更多的科学、更多的平等、更多的个性吧！

【附当年写花儿的文章，已重新修改】

静待花开

——后进生转化案例

花儿是我新接的班级中一个大眼睛的女孩。因为个子高，她坐在第一大组的最后一排。

拿起上学期的成绩单，花儿的名字映入眼帘，后面紧跟着"27分"。问了班主任，原来花儿是属于从一年级开始，语文、数学就从未及格过的特殊学生。是智力有问题吗？从长相看也不像啊。到底怎么回事？

我特意关注了她，读文、写字、回答问题、下课聊天，方方面面都让我断定：花儿的智商没有一点问题，有些方面甚至可以用"机灵"来形容。

开学第一周，星期五下午的读书时间，我把花儿叫到教室门外，先表扬她作业有进步，然后注视着她的大眼睛一字一顿地说："通过这一周的观察，老师完全有信心让你本学期期末取得合格的语文成绩，你有信心吗？"她没说话，只是盯着我使劲点了点头。我笑了，轻轻拍拍她的头顶，用对我儿子说话的语气说："那，咱俩一起加油！"

几米有这样一句诗："虽然知道有些事情不可能，但我还是想试试。"是的，我想试试！试了不一定成功，但不试就只有失败！

忙忙碌碌的不经意间，期末统一测试的日子就到了。静待两日，全校老师流水阅卷工作完毕，我迫不及待地找到花儿的卷子，当看到卷子上红红的"71分"时，我兴奋得不能自已！71分，这对她来说无异于一个奇迹！

平静下来之后，我整理思绪，总结经验——作为一名任课教师，如何转化后进生？从这个案例中，我有如下启示：

一、拥有爱心

跟班主任相比，任课教师与学生相对疏远，要想转化后进生，首先要做的就是赋予后进生加倍的爱和关心。教师爱护学生、关心学生，是师生交往中的黏合剂。通过爱护学生，可以增强学生对老师的理解，加深师生之间的情感。而爱是双向的，教师爱护和关心学生，学生就会主动接近教师、热爱教师，愿意跟教师做朋友，彼此间的信任度和理解感随之增加。如此，帮助他们进步才会成为可能。

二、做到细心

后进生后进的原因是多方面的，教师只有在细心的观察中才能找到问题的实质，有效助其进步。但作为任课教师，不能像班主任那样频繁地与孩子们接触。怎么办？找时间、挤时间。我通过"上课早去一点，下课迟走一点，课余攀谈一会儿"三种主要渠道尽量多地制造与孩子们相处的机会。这些时间，我或与他们说说前一天的作业情况，或问询当天上课时的一些重点问题，或与他们游戏、闲聊。日久生情，渐渐地，孩子们就会打开心扉，向老师倾吐连父母都不知道的秘密。只要善于捕捉、细心分析，任课教师就会了解到他们后进的根本原因，继而"对症下药"，帮助他们克服自身的不良习惯和落后思想，争取在较短时间内唤醒他们那颗沉睡的心。

三、保持耐心

后进生转化工作不是分分钟见效、一帆风顺的，它是一项需要教育者长期坚持的"耐心工程"。因为我们面对的都是6—12岁的孩子，"孩子是在错误中长大的"，不犯错的孩子是没有的。同样，一下子就能改正缺点、补齐短板的孩子也是没有的。正因如此，在转化后进生的过程中，我们教育者面临的最大困难就是后进生的"反复"。如何解决？答案是肯定的：保持耐心，不放弃、不抛弃！

我将用这样的方法，转化其他的"花儿"。

4月29日　星期六　晴

假期的"特殊作业"

五一小长假，我给孩子们布置了一项特殊作业——每天至少做三件力所能及的家务活（洗袜子、洗红领巾、扫地、拖地、择菜、洗菜……）想起武校长的学校里，一年级的孩子都会洗衣服，我本来也想让孩子们洗衣服，又觉得起始阶段，洗衣服对孩子们来说还是难了点，于是没有布置。

晚上，家长们按照要求，把孩子做家务的照片传到了班级群相册。真是不看不知道，一看吓一跳，这帮小家伙还真是能干啊！洗锅的，拖地的，做蛋挞的，洗红领巾的，洗衣服的，洗书包的……

为了奖励家长们的积极配合，我给他们分享了一篇文章，节选如下：

哈佛大学学者曾经做过一项长达二十多年的跟踪研究，得出一个惊人的结论：爱干家务的孩子和不爱干家务的孩子相比，成年后的就业率为15：1，犯罪率为1：10。干家务的孩子，离婚率低，心理疾病患病率也低。另有专家指出，在孩子的成长过程中，家务劳动与孩子的动作技能、认知能力的发展以及责任感的培养有着密不可分的关系。

在美国，孩子不论年龄大小，都是重要的家庭成员，所以告诉孩子他们在家庭中应该负起的责任是很重要的，而承担家务则是最好的方式。不同年龄的孩子可以做哪些家务劳动？把中美孩子的家务清单放到一起，并非有意较高之低，中国的家长更愿意孩子把时间花在学习上，而美国家庭更重视生活技能训练。

4 月 30 日　星期天　晴

免费出租车

早上十点多，办完事的我悠闲地走在九州北环路的南侧。

忽然，北侧马路上正在行驶的一辆出租车减速缓行，司机大哥伸出头，问我去哪儿。

"我不坐。"我赶紧回答，然后继续步行向前。

"你去哪儿？"司机再次询问。

我不理，只是面无表情地看了他一眼，不是说了我不坐嘛，还死缠着干什么？

"坐上吧，不要钱的。"

啊？不要钱！他什么意思？我要不要坐？其实走三五分钟也就到公交车站了，有必要坐吗？他不会拉着我跑了吧！几种思虑在我脑海里飞速闪过。

"真的不要钱，坐上吧。"司机大哥笑着催促道。

那就坐呗，大白天的，他能把我如何？

"坐车不要钱，还有这样的好事？那我就坐一坐。"我边说边笑着穿过马路，拉开车门，上车，关门，走喽——

上了车，我与大哥聊天："大哥，真想不到还有您这样的好人。第一次遇到。罕见，稀奇！"

大哥笑了："真的是第一次？以前没遇到过？"

"当然。要不我怎么犹豫着不敢上车呢。如果是晚上，您再热情，我也是绝对不敢的。"

大哥回头对我笑了笑。

"我就到前面的 144 路公交车站，您把我放那儿就行了。"我指着不远处的公交车站说。

"好嘞。前面那辆车就是 144 路，我加把油追上它。"说话间，车速明显快了起来。只几分钟的工夫，大哥追上了公交车，然后超车，把我拉到了车站。我打开车门下车，正欲表表心意，美言几句，往后一看，公交车已经紧随其后，到站了。我只好摆摆手："大哥再见！谢谢啦！"转身上了 144 路车，找个合适的位置站稳后才回过神来，我咋没问问司机大哥："您这么做是为什么呀？"

抬起头，伸长脖子，透过公交车玻璃窗往前看，大哥的出租车在正前方行驶。

此刻，驾驶座上的他一定是微笑的，正如此刻站在公交车上的我一般。

5 月 1 日　星期一　多云

两只小狮子

利用小长假，拿出备课本整理课后反思《两只小狮子》。

学习课文《两只小狮子》时，有一个做法我觉得特别好——为两只小狮子起名。

（初步了解课文内容后）

师：请小朋友们给两只小狮子起名，要有理由哦。

孩子们读书。

一个名叫邱雪的女孩站起来，"我给一只小狮子起名叫'强强'。"

"为什么？"

说不上来。我知道她没把理由想充分。

"理由说不上，起的名字就不能用。"我评价，也是激励她再深入思考。

一个名叫许福的男孩站起来，"我给一只小狮子起名叫'勤奋'。"

"说说理由。"

"因为它整天练习滚扑撕咬，非常刻苦。"

听听，说得多好！"理由充足，姓名选用！"

板书"勤奋"这一名字之后，我启发学生："那另一只叫什么呢？"

刘金龙（一个识字量颇大的聪明又调皮的小家伙）立刻举手："懒惰。"

没想到他们还知道"懒惰"一词，得益于课外阅读啊！这当感谢家长！

同样，说完理由之后，我郑重其事地板书另一只小狮子的名字——懒惰。

接下来就是指导孩子们读出"勤奋"与"懒惰"的表现——有感情地读文，重在语气的对比，最后表演两只小狮子的行为。对表演，孩子们充满兴趣，尤其喜爱"滚扑撕咬"四个动作，不厌其烦地利用桌布反复练习，俨然一只只真正的小狮子。教室里笑声不断。

在狮子妈妈的教导中（朗读最后一段），我们结束了本节课的学习。

临出门，我追问一句："小朋友们愿意做哪只狮子啊？"

答案肯定而唯一。其实我倒希望有不同的声音出现，那才是教育的好机会呢。

5月2日　星期二　晴

小脚奶奶

买菜回来，走到楼底下，看见一位小脚老太太的背影。

那倾斜走路的姿势，那佝偻的身体，那脑后盘起的发髻以及黑色的金丝绒帽子，和我逝去的奶奶完全一样！一股亲近之情油然而生。于是，我跟在她身后，想看看老奶奶要做什么，更想看看老人家的正面——容貌是否也似我的奶奶呢？

走着走着，她停下脚步，转过身来了！别说，跟我的奶奶真的有些像呢！一样的方形脸，一样的慈眉善目，甚至皱纹的宽窄都好像是一样的。

"奶奶，您要做什么？您多大年纪了？"我赶紧微笑着和她搭话。

"88 了。"是外地口音。

"您这是要去哪里啊？"

老奶奶说了好多句话，从能听懂的只言片语里，我知道了奶奶是在找下楼晒太阳的老伴。这会儿太阳早没了，可老伴没回家，于是感到担心的奶奶下楼来找。

和奶奶说话间，那位爷爷走了过来。老人一副古铜色的面孔，一双铜铃般的眼睛，尖尖的下巴上飘着一缕山羊胡须。高高的个儿，宽宽的肩，别看已年过古稀，可说起话来，声音像洪钟一样雄浑有力："就知道你在找我了！走，回家。""噔噔噔"的脚步声，足以让你误以为他是个小伙子呢。

看着他们并排回家的身影，我再一次想起了我的奶奶。

5月3日　星期三　多云

爱的记忆

看第八期《读者》杂志介绍的一本名为《家庭日记：森友治家的故事》的图文书选辑，很踏实，很舒心。看着，笑着，内心被一张张温馨而幽默的照片及旁边充盈着幸福的短小语句深深吸引。原来，幸福离我们如此之近；原来，我们每一个人都是幸福的。如果，我们每个人都拥有作者那双能发现美的眼睛，人生如蜜罐矣！

很喜欢作者说的这句话："幸福就应该是普通的日常生活，希望我所热爱的每一个人都很普通但又很努力。"

"都很普通但又很努力。"完全符合我的追求，也是我希望自己最终拥有的一种平和心态：不与人争，不与人比，只为充实地、无憾地活着。

森友治，1973 年出生于日本福冈，在福冈长大，和妻子、两个孩子还有两只爱犬一起过着宁静、平和的生活。北里大学收益畜产系畜产专业毕业，以摄影和美术印刷设计为职业。1999 年起开始在网上公开自己拍摄的照片，访问量逐年递增，现在的日访问量已经达 7 万次。

森友治总是端着相机，一一记录下俏皮贤惠的妻子阿达、聪明可爱的女儿小海、古灵精怪的儿子小空、安静温顺的爱犬豆豆和敏感慵懒的爱犬糯米团每天或安静或活泼的温馨瞬间。拍摄场景多为家庭居室，还有少量户外场景。生活中的细节在他的镜头下被放大——妻子的操劳、儿女的成长、狗狗的顽皮，简单的生活里蕴含着不简单的情愫。

森友治的摄影不讲构图、不求意境，没有高反差，色彩也不浓烈，看似简单，却有一种质朴淡然、返璞归真的风格，真实至极，让人被吸引之

后惊叹：原来摄影可以如此灵动明快，充满了温暖与幸福的感觉，却又带着丰富的幽默感。

品味着书中的一张张照片、一段段文字，一股股暖流直达心底：多好啊，我们生活中的每个小细节都有爱在四处洋溢，每一个不经意的瞬间都是最美妙的记忆。

5月4日　星期四　晴

鼓励的力量

班上有一个男孩，身体胖胖的，皮肤白白的。可每次叫他起来回答问题，声音小得连同桌都听不见。沙里淘金般找到他的优点，在全班面前鼓励了好多次，但效果不大，每次他回答完问题，孩子们都说听不见。

后来我了解了他的家庭，知道他是二胎，父母格外宠溺，生活能力很弱，各方面都处于落后状态。而家长呢，丝毫没有意识到这个问题，还是一味好吃好喝好玩地"爱"着他，压根儿没有意识到要帮助孩子进步。

一次，因为他的作业太乱，我在课间把他留下来重写。毕竟是我第一次罚他，他认认真真地把作业重写了一遍。看着他重写的作业，我先给他批了A+，然后拍拍他的肩膀说："看看这多好，没想到你的字能写得这么漂亮！"

第二天，我特别注意了他的家庭作业，嘿，写得一笔一画，端正大方。当即，我拿起他的作业本，放在投影仪下让全班欣赏。孩子们毫不吝啬地将掌声送给了他。

下课的时候，他走到讲台边，问："老师，我真的写得很好吗？"

"当然！要不小朋友们怎么那么使劲地给你鼓掌呢？"我笑意盈盈地看了他一会儿，又说，"老师还有个心愿，不知道你能不能帮我实现？"

"老师，您说。"

"我呀，特别想听你大声说话。不知道你大声说话是什么样子的？"我略带遗憾且向往地看着他。

他没有回应我，只是把头低了一点点。

"去玩吧。"我不想太过着急。

几天过去了。晚上，我布置了预习古诗的作业，叮嘱他们要读出古诗的味道，晚上回去好好练习。

第二天，我连叫几个孩子朗诵都不令人满意，看着一直举手的他，想着给他一个机会，就说："你来试试吧！"

这一试，真是抑扬顿挫、轻重缓急皆有啊！没等他读完最后一句，孩子们已是掌声雷动，我也使劲鼓掌，为他喝彩。等掌声平息了，我让孩子们评价，孩子们完全说出了我的心声："于宇，你真是好样的！读得真棒！""于宇，今天的你进步好大啊！""于宇，今天你不仅声音响亮，而且读得有感情！"

为了让孩子们明白有付出才有收获，我问他："于宇，昨晚把这两首古诗读了好多遍吧？我猜不少于六七遍。"我故意夸张了一下。

小家伙什么都没说，只是点点头，脸上的红晕不知是因为羞涩，还是因为激动，正慢慢洇开……

这两天，他更积极了，已经连续两次以"朗读者"的身份给孩子们示范朗读。

哦，还有一件温馨的事。有一天放学回家后，他给我发来两条微信，一条是："老师，您得小心。"一条的内容是揭露骗子的新骗术。起初我不相信是他，就要求他发语音给我，结果还真是他的声音。

鼓励让孩子重拾自信，让孩子愿意靠近老师，而被孩子靠近之后暖暖的感觉，真好！

5月5日　星期五　浮尘

爸爸妈妈在哪里

今天期中考试，我抓紧时间阅卷。批到蓉蓉的卷子时，我知道她又成了最后一名，因为那么多题都是空着的啊！（开学第一天接班时，我就从教导处拿到了上学期的成绩单，她成绩栏里的"35"格外刺眼！我当时以为她有智力问题，但接触了一星期后就知道她智力正常。）算完分，我不情愿地在她的卷子上写出"43.5"这个数字。怎么回事呢？上课她发言也挺积极，作业也能按时写完。可这成绩，怎么就是上不去呢？

我把她叫到办公室聊天，主要聊她的家庭：父母是做什么的？学习是谁管的？为什么天天都是爷爷接？

从她的回答中，我知道了她的爸爸是建筑工人，经常在外地干活。妈妈开饭店，早出晚归。爷爷操心她的一切。哦，爷爷管起孩子来还是费劲啊，心有余而力不足。

放学了，爷爷来学校接她。看到她的爷爷，我有些意外，不算年老的脸上布满皱纹，尽显生活的沧桑与磨难。我本不打算说什么，可又忍不住问起了蓉蓉的父母，意在引导他们"谁的孩子谁教育"。不料，我刚问了一句："她的爸爸妈妈呢？"老人还未说话，已是老泪纵横。从他强忍哽咽、断断续续的话语中，我知道了蓉蓉相当于一个被父母抛弃的孩子，是爷爷把六个月的她带到这么大。蓉蓉的爸爸确实在外地施工，但重新组建了家庭。蓉蓉的妈妈早已不知去向，孩子口中的"妈妈"，完全是自己想象出来的"镜中月""水中花"式的妈妈！

看看此刻的蓉蓉，她使劲缩着原本就瘦小的身体，竭力藏在爷爷背后；再看看她的眼睛，泪水在眼眶里打转。此时的她，内心不知在经历怎样的波涛汹涌……我啊，竟无意中深深地伤害了孩子！不敢再看小小的她，我满是歉意地对老人说："不早了，快带孩子回家吧！"

匆匆挥手再见，我……

5月6日　星期六　晴

家庭教育纪录片《镜子》观后感

超过十年的酝酿和准备，从拍摄到制作又历时两年之久，按照总导演、央视社会与法频道《天网》栏目制片人卢钊凯的话说，纪录片《镜子》的创作过程始终是一个"痛苦"的过程。

"我们真实展现这群人的生存状态，就是希望更多的人通过看片子，认识到这个问题可能就在我们身边。有更多的人了解它、思考它，或者做一点点事情，这就是我们创作这部片子的初衷。如果说这部片子讲的是家明的故事、张钊的故事，某种程度上讲的也是我们自己的故事。整个创作过程也是我们完成自我蜕变的过程，从前期拍摄到后期制作，我们都在努力完成足够克制的表达。用内容去表达，这个过程是非常痛苦的过程。"而"痛苦"的根源在于，对于《镜子》而言，纪录片只是一种形式和一个载体，它真正的价值和意义，在于成为折射现实问题的那面"镜子"。唯有如此，才值得全情投入。

事实上，对于当代中国在青少年教育领域内存在的问题和痼疾，一直都有与之相关的影视作品不断推出。具体到纪录片这一题材，也有《中国学校》《出路》《两百万分钟：一次跨国考察》《我们的孩子足够坚强吗？中式学校》《两个季节》《教育能改变吗》《争气》等影片先后面世，只不过更有名气的作品大多来自以 BBC 为代表的国外影视制作机构，国内同类题材，即便借助真实案例罗列出一些客观存在的问题，却往往把矛头指向了教育体制上的某些弊端，最终成为批判有余而灼见不足的表面文章。

什么样的纪录片作品，才能为当代中国青少年教育领域所存在的问题找到解决之道呢？《镜子》的制作团队并不觉得自己找到了这个问题的答案。倒是片中的一句话让人记忆犹新："一个有问题的孩子，它的背后一定会有有问题的家庭教育。"这就是纪录片《镜子》借助 90 分钟的内容试图传达给每个人的核心观点。需要注意的是，这里强调的不是有问题的"家庭"，而是有问题的"家庭教育"。

作为教育工作者，《镜子》给我们的思考除了反思自己的家庭教育问题，还应该思考我们可以为学校的家庭教育做些什么。

5月7日　星期天　阴

点燃激情

朋友常常提醒我："不要总把职业写在脸上，给生活多一点激情的阳光。超越平庸，你才能拥有精彩的人生。"

是呀！教师要发展，得有点激情，这是一种状态，是一种态度，是一种情怀，是一种素质，更是一种境界。做一个有激情的教师，并不意味着刻意追求伟大，但伟大的教师总是充满激情。斯霞如此，李吉林如此，窦桂梅更是激情满怀……这些名师都用她们的激情装点着美丽的人生，也点燃着孩子们的激情。

做有激情的老师，可以从"小工作"的狭隘走入"大事业"的广博，可以从"小生活"的院落走向"大人生"的旷野；做激情的教师，可以深入教师这一职业，领略它的宽厚、丰润、深远。

把激情融入备课，你会把备课当作一种创造，从而调动大脑中所有的知识储备，查阅资料，设计出最精彩的教学方案。这些凝聚着汗水和智慧的备课笔记，恰如精心制作的工艺品，闪烁着快乐的光芒。

把激情带到课堂，你会把课堂当成展示自己的舞台，从而运用不同的音质、身姿引起孩子的注意，用意想不到的惊喜去鼓励孩子参与、碰撞孩子的思维、深入孩子的心灵。这洋溢生命激情的课堂，才能激发孩子的激情，点燃心灵的圣火，拨动生命的琴弦。不知不觉中，你自己也得到了成长。

把激情渗入作业批改，你会把孩子的作业当作一个个期待诱导的活泼精灵，从而一本本地精雕细刻，一页页地倾注关爱，眼睛在游弋中品味智慧的芬芳，手指在滑动中挥洒心灵的暗香。这样，你换来的是孩子更为积极、认真、主动的作业态度。

把激情投入每天的工作，寂寞与枯燥、无聊与呆板将与你无缘；尘封和守旧、埋怨和懈怠将离你而去。你会热情地在知识中寻觅，在课堂上耕耘，在爱的传递中感悟职业的魅力。细数往事，你会发现工作过程充盈着创新的灵性，是那么丰富多彩、充实可爱。

马克思说，激情是人追求自己的对象世界的一种本质力量。只要生命在，激情就在；只要激情在，生命中将永远缀满阳光。点燃教师的激情，就是点燃孩子的情绪，照亮孩子的心灵；点燃教育的激情，就是把表象化为内在的精神气质，不因年龄的增长、环境的改变、地位的升降而改变。

让我们一起点燃教师生命的激情，去勾勒五彩的工作图画，去绘制缤纷的生活美景，去拥抱自己绚丽多姿的人生！

5月8日　星期一　多云

祝贺你的进步

今天讲评期中考卷。

讲评完，我表扬了两类孩子：一类是考了90分以上的，一类是进步大的，每人在生本小组加两分。孩子们高兴极了！尤其是进步明显的8个孩子（虽然其中一个才考了43.5分）。他们心里原本七上八下的，却没想到竟然受到了我的表扬。

为了让其他孩子服气，我说了表扬他们的原因："与上学期相比，他们8个进步了6—11分，而咱们有些孩子退步了十几分，其中一个孩子退步了14分！"

一听"14分"，孩子们惊呼起来："啊！退步了那么多！"

"所以，我们要表扬这些进步的孩子。对不对？"

"对！"他们使劲鼓掌。

这帮孩子，真是太可爱了！

虽然蓉蓉依然是最后一名，但比起上学期的36分，她进步了7.5分，所以今天我重点想表扬的是她。为了鼓励她，我双休日专门去书店给她挑了一本《日记周记起步》。考虑到她识字量太少，我专门挑选的是一本注音读物，这样可以帮助她认识更多的字。她的语文成绩不好，主要是基础太薄弱，很多题目，她可以口头回答出来，但一落笔，不是这个字错，就是那个字错。只要识字量上来了，她的成绩进步完全没有问题，这一点我绝对有信心。

后期，只要有时间，我就要想办法提高她的识字量，通过阅读促进她进步。她的进步对全班同学来说具有"历史性的意义"——连曾经学得那么吃力的蓉蓉都进步了，谁还有理由不进步！

提前祝贺自己取得最后的胜利！

5月9日　星期二　晴

刀是要常磨的

今天一大早——5点整，我就起床了。收拾好，5：30出门，代表名师工作室去永登送教。

因为要求体现"长文短教"的教学方法，所以我最终选择了六年级第七单元《金色的脚印》一课。

第一次公开亮相，是在酒泉路小学工作室的成员面前，大家说除了超时，还真挑不出缺点，让我从首尾考虑节省出来一些时间。

回到学校，我试教了两次（在公开亮相前已经试教过一次），让田校长提了些建议。教案一直处于修改当中。

昨天中午，师父告诉我，分配的班级变了，我只能在五年级上课了。学生变了，环节也得变，首先就要变导入。接下来，我把环节逐一排查了一遍，看看哪儿还需要降低要求。

昨夜基本没睡踏实，老在思考教学语言，预测课堂可能生成哪些问题，该怎么处理。

今天早上 10：00，当我走出教室时，全身才放松下来。

11：00 开始评课。听着评课人一句句溢美之词，我却在反思自己哪儿还可以做得更好：比如在有限的四十分钟内，如何让个性朗读展示得更充分？如何让所有学生都能在课堂上动起来？怎样的评价更适合孩子？当孩子遇到困难时，怎样引导更利于孩子们的成长……

在以后的教学中，我将会更加注重自己的教学智慧，积累教学经验，争取在略读课文的教学上留给学生更多自主学习的空间，做课堂更好的引领者。

说实话，自从走上行政岗位，我在教学上用的心思明显比之前少了。不能全身心系于讲台的这段时间，我的的确确感觉到了自己的些微退步：首先是激情的降落，其次是语言的准确及生动，还有和孩子之间的那种亲切——不再是浑身洋溢、自然流露了，已经明显有了做作的痕迹。如何改变？我想，那天一个保安朋友提醒我的方法很有效——做学校的"救火车"，谁不在就主动要求去给谁上课，别荒废了自己二十多年的功夫，毕竟学艺不易啊！

"刀是要常磨的。"生活道理亦是人生道理。

5月10日　星期三　多云

从能做到的入手

下午参加语文教研组活动，内容是"反思前半学期的教学"。

在组长的主持下，会议开始了。大家分析了前半学期的教学之后，在一个老师"孩子们没考好，主要是因为这学期活动太多"的牢骚下，人人开始诉苦、抱怨，会议"反思自己"的目标悄然无存。

等老师们发完牢骚，我方才开口："大家说的全都是事实。活动多，家长不配合，减负呼声高，不让布置作业，不让体罚学生，调皮的学生管不了……大环境这样，单靠我们一个小小的老师能做什么？什么也做不了，也改变不了。但我们可以改变自己，向四十分钟要效率。大家想一想，咱们这样一个接一个、一声接一声地抱怨能有什么作用？除了让我们的心情越来越糟糕，还能做什么？如果我们能静下心来想对策，那是聪明之举；如果我们抱怨之后，让沮丧、推卸、埋怨、责怪控制了我们的情绪，日复一日、年复一年地当一天和尚撞一天钟，痛苦地徘徊于校园内外，那样的生活，想象一下，该是多么痛苦，多么无味，甚至可以说是折磨！可是换个角度去想，就完全不一样了：不能改变的先搁置一旁，改变能改变的啊——改变我们自己！上好每一节课，批好每一次作业，认真分析每个学困生的成绩、性格、心理，对他们做到了如指掌，开好每一次家长会……这样做了，即使改变不了什么，我们也照样有巨大的收获，那就是'问心无愧'。面对家长，面对学生，站在讲台上的我们问心无愧！何况，这样去做，又怎么可能没有收获呢？"

"改变不了环境，改变不了他人，我们就改变自己。"这句话耳熟能详。可真正这样去做的人、做到的人又有多少呢？

我们共勉吧！

5月11日　星期四　晴

停电之后的精彩

早上，在通渭路学区听语文课。

执教的顾琴老师早就来了，她先给孩子们分了组，确定了组长，给组员编了号，然后简单交代了怎样以小组为单位交流发言的方法。我知道，这将是一节生本课。

顾琴老师执教的是四年级下册的《乡下人家》。这个课例，我已经听过很多节。为了让学生感受乡下人家自由、惬意、质朴的生活，授课的老师往往会大量采用图片和背景音乐。看见顾老师打开了多媒体，我知道这节课同样会让我们看到一张又一张的乡村图片。

上课铃响了，顾老师也开始了自己的授课，不料师生问好后，孩子们刚坐下，"哗"地一闪，教室里的灯全部灭了，多媒体也瞬间暗了下来。

停电了！这可怎么办？

等了片刻，一点也没有来电的迹象。学校的总务主任跑来解释，说正在积极查找原因，请老师耐心等待。

我们几个评委互相看了看，彼此读懂了目光里的内容："只能等着了，什么时候来电什么时候上吧。"

却不想，顾老师一点没有停下来的意思。瞧，她不慌不忙地开始讲课了。整整四十分钟，她没有借助任何现代技术辅助教学。

自从将信息技术引入课堂教学以来，已经有很久没有听过不借用多媒体授课的公开课了。然而今天，顾老师让我重新回到了曾经简单质朴的课堂：一支粉笔、一张嘴、一本教科书。

在这样的课堂上，孩子们读着，想着，交流着，积累着……用最简单却最有效的方式体验着语言文字的美丽。

听！"织，织，织呀！"在孩子们的朗诵中，文字完全具有了音乐的节奏美；"向晚的微风……"朗读者的声音已然让我们陶醉在乡村的傍晚……

5月12日　星期五　晴

学会欣赏别人

因为各种各样的事情，我三天没有进教室了。

今天早晨7：45，随着铃声的响起，我站在了教室门口。孩子们看到我，一个个叫着："石老师来了！石老师来了！"因为好些孩子都没有做好上课的准备，所以我故意板着脸，装出对他们的欢迎毫不在乎，其实心里很温暖，很开心。

等他们都坐好了，慢慢安静下来，我才走进教室，站在讲台上缓缓开口："还有两个小朋友。"他们已经习惯了我的表达方式，听到这话，心里很清楚我表达的意思是"还有两个小朋友没坐好"。

又等了片刻，看见孩子们一个个都像小松树一样挺拔地坐在座位上，我说："好！现在可以上课了！"目光环视一周，我接着说，"这三天我不在。来吧，汇报一下你们语文课表现得怎么样？"

没有一个人举手，他们只是快速地互相看看，然后又将目光投向我。

看来表现得不好，要不怎么完全没有往日的积极性。

想了一会儿，我说："这样吧，每个小组的组长来汇报。从第一小组

开始。"

可第一小组的组长站起来半天不说话，我让她考虑考虑，一会儿再说。我又让第二小组的组长站起来汇报，结果小家伙也是一声不吭。

看来我的导向有问题。于是我说："做得不好的方面，咱们自己心里都清楚，改正就行。所以咱们专门说做得好的方面。来，组长先夸组员，接着夸自己。"

这一下，组长的心理负担减轻了，从一开始的"挤"优点到后面的滔滔不绝，一个个夸了组员夸自己，越夸越兴奋，有些组长还开始夸别的小组。我连忙打住："夸自己，只夸自己的小组。"见组长使劲夸组员，有些组的组员激动了，高高举着小手要夸组长。这可以有。于是我让他们站起来夸自己的组长。

古语云："欲将取之，必先予之。""汝爱人，人恒爱之。"只有互相欣赏，人与人之间的关系才会和谐发展。那何为欣赏？我认为，努力地寻找别人的长处、优点，从中学习值得自己学习的方面，同时真心实意地使用恰当的语言表扬别人，这就是欣赏！

我希望我的孩子们都能具备这样的修养——学会真诚地欣赏别人。

5月13日　星期六　晴

足　迹

平时喜欢涂涂写写，不觉间已经成为生活的习惯——太多日子不动笔，就会觉得少了什么。

喜欢写，并没有什么功利色彩，只为与自己的内心对话，只为留下活着的痕迹。可不曾想，一时的涂鸦竟也成就了我——许多文字变成了铅字，成为我作为教师个人成长业绩中闪亮的一部分。更重要的是，它使我自觉形成了反思的习惯。不管做什么，做完之后我都喜欢想一想，哪怕是平时的扑克牌双扣游戏（哈哈，虽然牌技没怎么见长）。这也算是"无心插柳柳成荫"吧。

每每接到新班级，我总会培养孩子们写日记的习惯，总会这样激发他们的兴趣："有的时候，心里的喜怒哀乐，你对谁都不想说，怎么办？说给你最好的朋友。知道它是谁吗？就是你的日记本。你根本不用担心它会不会听，会不会有情绪，会不会不替你保密……它永远都是你最忠实的朋友，永远在那里默默听你倾诉。"我心里真的是这样的感觉——文字是我的朋友！喜怒哀乐，不管哪种情绪，诉诸笔端，浑身轻松，内心平静。

人生短暂，原来只觉得这种说法是杞人忧天，是老人们不舍得老去的矫情。当自己切切实实已人到中年，才深感"人生短暂此乃真理也"！有时候会傻傻地想，如果重头来过，我会这样或那样去活，一定活得更精彩！

唉，白日做梦罢了！人生是有去无回的列车，只此一列，而且是单程，谁也无法改变！那么，好好活吧，活出每一个精彩的当下！

当走过的足迹无怨无悔时，老去的我们才会坦然、安宁、祥和。

5月14日　星期日（母亲节）　　晴转雷阵雨

母亲节的礼物

早晨，一打开微信朋友圈，就看到铺天盖地的母亲节祝福。

我给妈妈打了个电话，准备陪她一整天，逛逛街、吃吃饭什么的。没

想到妈妈有事，早就出门了，说下午三四点回来再联系。

挂了电话，我开始搞卫生，把晾晒的衣服收进衣柜后，又扫地、拖地。

电话响了，是儿子打来的，肯定是祝我母亲节快乐。果然，电话一接通，儿子熟悉的声音传来："老妈，母亲节快乐！"接着我俩照例说说本周发生的大大小小的事情，当然我也告诉他，今天我准备怎样给我的妈妈——他的姥姥过母亲节。说得差不多了，互道"再见"，挂了电话。心中有点遗憾，一句祝福就完了？这母亲节也过得有些太简单了吧？

快十一点的时候，微信响了好几声，打开一看，是儿子在呼叫。有什么事吗？点击头像，内容展开——是儿子给我写的一篇文章，整整4页。明白了！盼望中的母亲节的礼物来了！

文章读完，我已泪流满面。泪眼蒙眬中，我一遍又一遍地抚摸着每一个字、每一句话，目光总也舍不得离开……幸福来得太突然啊，我被儿子温暖得一塌糊涂。

吃过午饭，儿子又发来微信，说他写的母亲节文章被学校的微信平台采用了，他选择的配图是乘船游览洱海时，我们俩的合影。奇怪！这张照片什么时候跑到他新换的手机里了？

看着照片，思绪一下子飞到了那年的云南之旅。

【附儿子的文章】

致冬梅

冬梅。

似乎有成千上万人叫这个名字，然而对于我来讲，她，只属于一个人。

已经忘记了第一次见你的样子。也许亲密的人都是如此，即便初见却也似曾相识。

印象中，你总是一副严肃的面孔，可后来接触久了，渐渐发现"工作狂"

般的你，竟也有调皮可爱的一面。比如，那年兰州下了很大的雪。有多大呢？像是要把三岁的我埋了似的。你扎着清爽的马尾辫喊我一起去儿童公园玩，因为那里空地开阔，能积下千层蛋糕般厚实的雪。那时候我们就住在黄河边，儿童公园就在附近。帽子、口罩、手套、棉袄，全副武装后，你就拉着我的手奔出家门。一路时而走，时而跑，母子俩惊喜地捕捉从天而降的某片落了单的小雪花；时而说，时而笑，倏忽间就到了目的地。

我被眼前从未见过的景象惊呆了：松是白色的，草是白色的，垃圾桶是白色的，连卖烤红薯的伯伯也是白色的，全世界都是白的了！也许从那时起，冬天在那个小屁孩的眼里成了一个带着魔力的季节，甚至连寒风都拥有热烈的灵魂。

"哎呀！"一团软乎乎的东西砸到了我的脊背上，扭过头一看，你正捧着一团雪望着我哈哈大笑。

后来，我陆续知道了世界上居然还存在放风筝、打水漂、踩泥巴、捉迷藏等太多有趣的游戏。

是你，冬梅，让小时候的我拥有了那么多的欢乐。

再后来，我俩一起长大。长大的我经常和你因为一些琐事吵闹。可能是我从爸爸那里遗传了坏脾气，可能是我自以为成了大人，可以自己做主，不想听你这建议、那建议。吵着闹着，又和好，再吵再闹　　没想到偶尔也伤了你的心。慢慢地，咱俩之间可说的话、想说的话越来越少。其实，那阵子很想你没事的时候"骚扰骚扰"我，可男孩子嘛，面对喜欢的人，刚开始总表现得比女生还娇，于是也赌气不理你，也赌气讨厌过你，甚至也质疑过你，可内心深处也真的喜欢你，真的在乎你，真的爱着你。好奇怪是吧？我们总是知道如何去伤害最爱我们的人，却也慢慢懂得如何去守护最爱我们的人。

高考前的一段时间，我恋爱了，虽然仅仅是暗恋而已，以朋友的名义。

我没敢告诉你。后来发现那个在我心中那么耀眼夺目的人已经有了喜欢的人，并且对方也非常优秀，比我优秀。尽管很清楚地知道自己没理由难过，可眼睛不听话地总流泪，脑袋不听话地总是痛，呼吸都觉得无所谓了。终于，某一天，写作业的我又难过得发起呆来。这时，你端了一碗热牛奶，敲门后走进我的房间。看见你进来的一瞬间，我身上用倔强堆砌的盔甲倾刻碎成一地。我心里一直默念，绝对不可以在女孩子面前哭，绝对不行！

"哇——"我抱着你，把头埋进你的怀中，尽情哭起来

"噢，噢——好，好——知道你压力大，知道你辛苦，今天就好好哭一哭。"你边说边轻轻拍着我，宛如在拍一个刚出生的婴儿。

你的声音像羽毛一样轻柔，好像很久、很久以前听到过，就像我第一次见你，却有一种很久、很久以前就见过你的感觉。

就这样，你不问缘由，轻轻拍着我，默默陪我哭完，一直等我把碎掉的心一片片拼起来。我想，你能这样是因为你也曾心碎过吧？但更重要的是，你是真的爱我。

谢谢你，冬梅，或者说，老妈！谢谢你让我一直这么安心。

"姥姥，我妈为啥叫'冬梅'啊？"

"你妈是 12 月 27 日出生的，又是老小，是我和爷爷最疼的一个娃。冬天的梅花是最漂亮的，也是最坚强的，所以我们给她取了这个名字。"

是啊，冬梅，你真的很漂亮，也很坚强。

后记：

老妈曾说，我出生的那天也下着雪，跟她出生时的天气一样。其实，老妈当时的预产期是在来年一月份，结果，我在他 24 岁生日那天就迫不及待地跑出来了。于是，从那天起，我们这个家就有了两头幸福的猪。每年的 12 月 27 日，家人都会隆重地为我们两头猪过生日，老爸总调侃我们

母子俩真懂事，省钱又省事，哈哈。

5月15日　星期一　晴

理　想

今天的语文课上，我们谈到了理想。

孩子们的理想可真是五花八门！什么电脑游戏设计师、跑车手，什么设计师、医生……最有创意的当属邓杰了："我有两个理想，一个是无法实现的，一个是可以实现的。"好一个故弄玄虚。我和孩子们都伸长脖子期待着："快说啊，快说啊。"

"无法实现的理想就是当神仙，因为当神仙可以想干什么就干什么。可以实现的理想是当演员。"邓杰不紧不慢地说着。

"哈哈！"我们都笑起来，原来如此。

"上幼儿园的时候，我的理想是戴上红领巾。现在嘛，我的理想是做一名语文教师，培养更多的学生。以后会不会有变化，我还说不上。"刘莹莹发表着自己的观点。

"小小年纪，还挺辩证的。"我在心里默默夸奖她。她的话不禁让我想到了自己。

很小的时候，一见到大街上穿军装的人，我总会停住脚步默默凝望：他们多威风啊！于是下定决心将来也要做一名军人。后来上学了，羡慕老师站在讲台上的风采，于是想要当老师。再后来，上了初中，羡慕父亲的职业，于是想像父亲一样做一名主持正义的法官。可初中毕业，我却进了师范。师范毕业后，我进了学校，成了一名教师。从某个角度来说，也算

实现了理想之一吧。

人到中年，现在的我，早已将生存的意义和学生融在了一起。我总是提醒自己：认真对待每一天。这既是对学生负责，也给我自己留下了生命的印记——用学生的成长证明我活着的价值。

当然，我的价值不仅仅体现在这一方面。我爱我的亲人，我爱我的朋友，在他们那里，我也在尽量体现着自己的价值。因为我深深懂得——爱，不仅仅是索取；爱，更是付出！

让我们都为实现自己的理想而努力吧！

5月16日　星期二　晴

说说教师礼仪

早上上完课，刚走出教室，就有隔壁班的学生跑过来向我问好，我一如既往地热情回应："你好！"

没走两步，就见办公室出来一位年轻的老师，刚才向我问好的孩子又跑去向他问好。不知道是没听见，还是因为师道尊严，他丝毫没有理会孩子。孩子尴尬地看了我一眼，然后悻悻地向操场走去。

看着孩子离去的背影，我不禁换位思考：如果我是孩子，此刻会是怎样的心情？老师天天教我们要讲文明、守礼仪，那么老师做到了吗？

编写有"教师礼仪"系列相关书籍、央视百家讲坛栏目礼仪课程主讲者金正昆教授这样解释礼仪："礼"指的是尊重，即在人际交往中既要尊重自己，也要尊重别人。古人讲"礼仪者敬人也"，实际上是一种待人接物的基本要求。我们通常说"礼多人不怪"，如果你重视别人，别人可能就重视你。"仪"者，仪式也，即尊重自己、尊重别人的表现形式。在人际交往中，尊重是前提，平等是基础，即便师生之间也是如此。

美国著名教育家保罗·韦地博士花了40年的时间，收集了9万封学生所写的"心目中喜欢怎样的老师"的信，并从中概括出作为"好教师"的12种素质，教师的礼仪素质也位列其中。可见，一名优秀教师必须具备良好的礼仪修养。

教师形象也是学校形象。对学校而言，教师是学校软件中最重要的因素，也是学校文化的主要创造者，这一职业特性决定了，教师个体形象代表了学校的整体形象。良好的教师形象就是学校一张良好的名片。

在学生的心目中，老师是神圣的，尤其是对于自己喜欢和崇拜的老师，学生不仅会认真地学习该老师所教的所有内容，还会模仿老师的行为和思维方式。因此，老师的知识、眼界、品格及一言一行等，都对学生有重大的影响。

"近朱者赤，近墨者黑"，教师的形象能直接影响学生形象的塑造。学生能通过对教师形象的观察和模仿，形成对自己形象的定位。年龄越小的学生，越认为教师是值得尊敬和学习的人。即使到了高年级，学生的视野开阔了，与教师的关系变得复杂了，但教师仍然是学生生活中的重要人物，教师形象仍然是许多学生模仿的榜样，仍然对学生的形象设计起着不容忽视的引导和规范作用。

所以，教师讲究礼仪很重要，也很有必要。

5月17日　星期三　晴

"故事爸爸"进校园（二）

今天，又是"故事爸爸进校园"的日子。

今天的"故事爸爸"是班上大个子潼潼的爸爸。上次在"相约八点半"的"为你诵读"中，他浑厚而富有磁性的声音赢得了家长和孩子们的一片喝彩。我当时就发出邀请："来校园给孩子们讲故事吧！"他没有立刻答应，说因为工作忙，怕到时候来不了。不过他表态，尽量争取在我安排的时间段来校园。

事过三周，我以为"没戏"了。不料今天一大早，他和我联系，说是下午可以过来为孩子们讲故事。

下午，他一站在教室门口，尽管孩子们不知道他是谁，但全都站起来欢呼："'故事爸爸'来了！'故事爸爸'来了！"没等我介绍，他们就主动问候："叔叔好！叔叔好！"讲文明、懂礼貌的习惯养成已经初见成效，而这成效是在一次又一次现实生活的实践中得到强化的。看来，真实的生活场景是相当有效的课堂。

故事讲完，照例是互动交流，拥抱告别。最后一个拥抱，我让他给了自己的孩子潼潼。不知为什么，站在一旁的我怎么看都觉得他们父子俩的拥抱有些别扭，还不如他拥抱别的孩子那么自然亲切呢。

送他出教学楼，我简短地与他交流了自己对孩子的了解，并含蓄地表达建议——多陪陪孩子。他连连点头："我上班特别忙，很少和孩子在一起，对孩子付出得太少了！"这番话让我一下子找到了他们父子俩拥抱时别扭的答案。

"陪伴是最好的教育。"握手告别时，我将这句话送给了他，但愿他从内心能懂。

5月18日　星期四　晴

不是因为崇高

下午两节课后的教师大会，我从备课、上课、作业三方面对前两天的教学常规检查工作进行反馈。

有褒有贬，当然褒奖要多一些，因为的的确确有很多老师在认真履行自己的职责，在和孩子们一起成长。当然，问题也是存在的，需要说明的是，指出问题不是要谁难看，而是想切切实实地解决问题，切切实实地希望每一位老师都能给自己的教学生涯留下些什么。

有时候想，我对工作是不是过于认真了？是不是让老师们过于辛苦了？可每当想到我们对于孩子的唯一性时，我又不得不下决心如此坚持下去。

是的，我们对于孩子的唯一性，是我工作的动力！而绝不是什么崇高境界，因为我从来没想过什么"为教育事业奉献终身"之类的崇高理想。

怎么理解我们对于孩子的唯一性呢？很简单。对于我们老师来说，学生送走一批又来一批，不缺学生。而对于每个孩子来说，我们老师是"唯一"的：唯一的数学老师，唯一的音乐老师，唯一的班主任，唯一的一年级语文老师……只要我们在教，就没有人会在同一时刻代替我们；只要我们在教，就注定我们只能是孩子们一生中"唯一"的小学老师。（其实，哪个阶段的老师不是如此呢？）正因如此，我们肩上的担子才沉重。而对于进行六年基础教育的我们来说，对于教育对象是一个个天真烂漫的孩子的我们来说，担子更加沉重！面对台下那一双双如水般清澈的眸子，我们怎能随意而教？我们怎能低效打发每一个四十分钟？

回到现实中来，我们很多人都已为人父母。当我们过去、现在或未来为自己的孩子挑学校、挑老师的时候，可否扪心自问："当一个个家长把孩子交到我们手里时，我们能否让他们放心？当一个个家长把孩子交到我们手里时，我们能否让家长因为'我是孩子的老师'而感到幸运？"将心比心，谁不希望自己孩子遇到的老师是最好的老师啊！

请记住：我们每一个为师者都是孩子一生中唯一的老师！哪怕你只教他一天，你也是唯一的！那么，请对得起这沉甸甸的"唯一"！

5月19日　星期五　晴

我的按摩棒

今天下午是期中考试后的家长会。会上，我讲到了我的"按摩棒"。

本来维持课堂秩序、警戒孩子们的是一根木棍，细长细长的。不记得是哪一天，也不记得是敲打哪个调皮蛋去了，棍子断成两截。急忙看孩子的反应，貌似无大碍，于是一边给自己找台阶下，举着棍子，大声呵斥："下次还敢不敢了？"一边心里默默叮嘱自己："下课就扔了棍子，平安第一啊。"

真巧，看电视节目，有一位老中医介绍："不用买什么按摩棒，用家里的废报纸卷成一个纸筒，就是最好的按摩棒。"

哈哈，天助我也！我立刻拿来十几张旧报纸，一张一张摞起来，再卷成一个结结实实的圆筒，然后用胶带一圈一圈粘平整、密封紧。

赶紧在自己身上试一试，敲敲打打，从上到下，别说，还真舒服。

第二天，"按摩棒"就被我带到了教室。看，小强捣蛋了，警告三次后，我过去一顿"按摩"，响亮的声音吓得本想看热闹的孩子们一动不动。而我呢，一点也不用担心小家伙会被伤到——我给他免费按摩，不让他付费就算好的了。

"高压按摩"一个星期后，我给他们讲"按摩棒"的来历，他们边听边笑，听完后一副恍然大悟的样子。之后，我再用此物敲打，他们个个脸上笑成了一朵花，全然没有了第一次"被按摩"时的严肃。有几个调皮蛋甚至每天故意"找打"，当我举起的"棒子"还未落到他身上时，他已是满脸的舒服与惬意。这哪里是受惩罚，分明是赢得了大奖！为师的我，也乐得用这样安全的方式维持课堂秩序。

为了让孩子们相信这的的确确是一根按摩棒，有好几次下课时间，我分别叫了不同的孩子到讲台前，说："好累啊！来，给老师按摩按摩。"一边说，一边把棒子递给孩子。

小家伙轻轻地敲着。

"这不行，没起到按摩的作用。使点劲。"我笑着鼓励。

敲打的声音大一点了。

"再使劲！"

声音更大了。"嗯，不错。这才是真正的按摩。"

看着身旁围观的孩子越来越多，我故意大声说："以后，老师累的时候，你们挨着给我按摩，可不可以？"

"可——以——"一片笑答。

"那老师先谢谢小朋友们了！"我边说边点头致谢。

"不——用——谢！"又是一片笑答。

后来，我还当着他们的面自己给自己实施"全身按摩"。

经过这样的几次铺垫，课堂上，"按摩棒"的惩罚就变得颇为幽默，颇为轻松。是啊，即使是惩罚，我也希望孩子们是快乐地承担，心悦诚服地接受。

"按摩棒"的故事讲完了，下面的家长被逗笑了，讲故事的我，也笑了……

5月20日　星期六　晴

我多想去看看

从杂志上读到了一年级课文《我多想去看看》的教学设计。那篇课文是一首诗歌，用第一人称，以一个山村小孩子的口吻，通过"我"和妈妈的对话，讲自己非常想到遥远的北京城，去看看天安门广场的升旗仪式。感情真挚，语言朴实。

看着看着，不禁想起自己上这篇课文时的一个片段：通读课文、识记生字之后，我把重点放在最后两句的感情朗读指导上。

先理解句意。我装出一副奇怪的模样，问："为什么最后作者把'我多想去看看'说了两遍呢？重复了吧？啰唆了吧？"

"没有。我觉得是这个小朋友实在是太想去了，才把同样的话说了两遍。"机灵的张雅丽举手说。

不需要我补充一个字，回答太完美了！

"大声再说一遍！"我兴奋地鼓励她。

她大声说了一遍。

"小朋友们都听明白了吗？"

"明白了！"

指导朗读正式开始："那谁能读出他特别想去的心情？"

举手如林。

我想制造悬念，让他们通过比较，知道怎样的朗读才是最符合人物心情的。于是我首先叫起一个朗读水平一般的孩子："小建，请你来读。"

读完之后，我故意撇着嘴评价："如果我是妈妈，我不会答应你去的。因为我一点儿也没听出你特别想去北京的心愿。"

"谁再来试试？试到我这个妈妈答应你去北京为止。"我笑着扫视每一个孩子。

又是举手如林。在我眼里，一年级的小家伙们最可贵的地方就是不懂"失败"二字，初生牛犊不怕虎啊！

陆续叫起来好几个孩子，在我"欣赏＋指出不足"的评价下，孩子们一个比一个读得好。最后，我选定本节课的"朗读冠军"刘梦璇和我一起表演课文，我演妈妈，她演孩子。听，在她一声又一声恳切地"我多想去看看，我多想去看看"的请求中，我这个善解人意的"妈妈"欣然应允："好吧，璇璇，既然你这么想去北京，妈妈答应放假带你去北京看看！"

"噢——"孩子们欢呼起来，好像我的承诺马上就会实现似的，好像我是他们每个人的妈妈一样，好像他们每个人都能在我的带领下去北京一样。哈哈，好傻啊，傻得那么可爱。

尽管我知道自己只是在和他们演课文，但教室里欢腾的气氛还是感染了我，于是我又借机发挥了一把："好，孩子们，咱们现在就上北京吧！不过有一个条件，全班再把最后两句话有感情地读给我听听，读得我这个妈妈满意了，咱们就立即出发。好吗？"

"好——"惊天动地的异口同声。

齐读之后，我满意地笑着，大手一挥，做出一个出发的姿势。真是天

遂人愿啊，下课铃适时响起。

我和孩子们一起快乐地拥出教室："上——北——京——喽——"

5月21日　星期天　晴

高行微言

读到一则小故事。

寺院里接纳了一个年方16岁的流浪儿。他头脑灵活，嘴勤脚快，剃发沐浴之后，就变成了干净利落的小沙弥。

法师一边关照他的生活起居，一边因势利导，教他为僧、做人的一些基本常识。看他领会得比较快，又开始引导他习字念书、诵读经文。也就在这个时候，法师发现了小沙弥的弱点——心浮气躁、喜欢张扬、骄傲自满。如：刚学会几个字，就拿着毛笔满院子写、画；再如，一旦领悟了某个禅理，就一遍遍地向法师和其他僧侣炫耀。更可笑的是，法师为了鼓励他，刚刚夸奖他几句，他马上就在众僧面前显摆，甚至不把任何人放在眼里，大有唯我独尊、不可一世之势。

为了改变他的不良行为和作风，法师想了一个点化他的办法。这一天，法师把一盆含苞待放的夜来香送给这位小沙弥，让他在值更的时候，注意观察一下花卉的生长状况。

第二天一早，没等法师找他，他就欣喜若狂地抱着那盆花一路招摇地跑来了，还当着众僧的面大声对法师说："您送给我的这盆花太奇妙了！它晚上开放，清香四溢，美不胜收。可是一到早晨，它又收敛了香花芳蕊……"法师用特别温和的语气问小沙弥："它晚上花开的时候，吵你了吗？"

"没有。"小沙弥高高兴兴地说，"它的开放和闭合都是静悄悄的，哪能吵我呢？"

"哦，原来是这样啊。"法师以一种特殊的口吻说，"老衲还以为花开的时候得吵闹着炫耀一番呢。"

小沙弥愣了一阵之后，脸"唰"地红了，嗫嚅着对法师说："弟子领教了。"

【感悟】

所谓"高行微言，所以修身"。当今处处可见心浮气躁、喜欢张扬、骄傲自满的人，致使社会浮躁之风日盛。

沉静的人就像美丽的花朵，开放时吐露芬芳，收敛时安静无声。自然界万物守着它自身的生长、生存环境与规则。水利万物而不争。深谷的幽兰、冰山顶上的雪莲尽情绽放，独自芬芳，无论世人知与不知，爱与不爱。山深愈幽，水深愈静。沉静是人的一种优秀品格。沉静不是做作，不是装腔作势，也不是故作潇洒，而是一种源自成熟心灵的由内而外的表现。

5月22日　星期一　晴

伟大的"琐细"

今天在培训班上认识了一位面带微笑的同行，她的笑不做作，发自内心地让人觉得亲切。这不禁让我想起曾经听过的一节音乐课。

那节课，教师在教学环节的设计上花了不少工夫，环环相扣，循序渐进。由于教学设计较好地考虑了学生的学习特点，学生表现得很出色。然而当

时更吸引我注意的是坐在后排的班主任，她的几个小小举动至今令我记忆犹新。

有一个环节是音乐老师请学生与邻座互相演唱给对方听。班主任发现最后一排的一个孩子旁边没有小朋友，便悄悄走过去，坐在他身边，让孩子唱给自己听。当音乐老师请认为同桌唱得好的同学举手时，班主任也举起了手。

不仅如此，整堂课上，班主任始终面带微笑，温和的目光游走在每一个学生身上。当孩子们表演结束时，她率先鼓掌。她的神情让我想到了一位深爱着子女的母亲。

笑容的力量是无穷的，它能给人以信心和温暖。特别是面对低年级的孩子，在他们刚刚走上学习之路、遇到困难时，教师甜美的笑容、温和的仪态、可亲的话语……都会成为帮助孩子克服困难的重要推动力，让小小的他们有勇气前行。

小学教师的工作是琐细的，但这是一种伟大的琐细。正如这位班主任在课堂上的笑容和一举一动，看上去那么不起眼，可里面却闪烁着人性的光辉和教育的价值。好的小学教师，就是善于将这伟大的琐细不断累积起来的人。而这伟大的琐细的作用，又岂止在于个人！

5月23日　星期二　晴

原来，你也有"故事爸爸"

今天下午继续参加培训。

两点整，培训开始。首先是人教社编辑对教材编写意图的阐述，然后是福建、广州、杭州的三位老师就拼音教学、口语交际、阅读教学具体谈自己学校的做法。

杭州胜利实验小学的陆虹老师交流的题目是"把握教材特色,提升阅读素养"。尽管她是最后一位交流的老师,时钟也已指向17:40,但她温婉的声音,新颖的观点,操作性极强的措施引起了老师们极大的兴趣。大家听着,记着,不时还与邻桌兴奋地进行目光交流……

当讲到最后一个措施"课内课外阅读贯通,打造良好阅读环境"时,她花了不少时间讲如何利用"故事爸爸"激发阅读兴趣的做法。一听到"故事爸爸"这个名词,我的兴奋点爆棚了!知音啊!在阐释"为什么是故事爸爸,而不是故事妈妈"时,只听她侃侃而谈:"我们为什么创设'故事爸爸'?经过多次抽样调查,我们发现爸爸对于一个故事或一本书的认知角度会不同于妈妈。哪怕是同一本书,同一个故事,爸爸读出来的效果和妈妈读出来的效果也会不一样。父亲与孩子一起阅读,是一种男人品质的培养。阅读需要阴柔之美,但更需要阳刚之气。"多清晰的观点啊!和我心中的想法高度吻合,真的是异曲同工啊!

"众里寻他千百度,蓦然回首,那人却在灯火阑珊处。"那一时刻,我的心情即如此。

5月24日　星期三　晴

(背景:中午休息时,电话响了,是一个陌生号码,我未理睬。对方好有耐心,一遍接一遍地打,于是我按下绿键——原来是龙龙打来的。龙龙何许人也?是我曾经的学生。听着他的大嗓门,我不禁想起了当年给他过生日的一幕。)

生日快乐

"石老师，今天我过生日。"清早站在校门口值周的我听到这样一句话。谁呢？是我们班的大嗓门柳津龙。

"是吗？那祝你生日快乐。"我笑着摸了摸他的头。

"晚上我爸爸要给我做好吃的，您也来吧。"他笑着说。

"那你就多吃点。石老师就在这里祝福你就行了。晚上，老师还要给哥哥做饭呢。"我也笑着对他说。

一个主意忽然在我脑海中诞生。"这样吧，老师上语文课的时候，和小朋友一起祝你生日快乐吧。"我说。

"好！"他笑着向教室跑去。

第一节听公开课，第二节是我的语文课。公开课一结束，我就快步走向教室。首先下载"生日快乐"的图片；然后找到"生日快乐"的歌曲，当然就是那首妇孺皆知的《祝你生日快乐》；最后从《日有所诵》里找到一首小诗，改编了几个字，就可以算是生日小诗了。刚准备停当，上课铃响了，生日 party 即将开始——

"小朋友们看大屏幕。认识蛋糕上的字吗？"

"认——识——"

"读出来。"我鼓励道。

"生日快乐，我爱你。"全班 68 人异口同声。

这帮小家伙还真了不起。

"完全正确！今天石老师要把这句话送给柳津龙，因为今天是柳津龙小朋友的生日。"说完，我走下讲台，走到柳津龙的座位旁边，伸出手握住他的小手，亲切地说："祝你生日快乐，我爱你。"有些小家伙们一下子捂住嘴笑起来，有些不好意思。我知道他们对这里的"爱"狭义地理解了。而我就是要让他们知道，"爱"是一种多么美好的感情。

"石老师说完了，下面你们一起说给柳津龙听好吗？"我要让他们学会表达爱。

于是，"祝你生日快乐，我——爱——你！"在教室里整齐地、洪亮地响起。

"下面，石老师要送给龙龙小朋友一份生日礼物，是一首小诗——《小宝贝要快乐》。"

看着孩子们羡慕的眼神，我以妈妈的语气极其亲切地朗读起来——

风不吹，浪不高，

小小船儿轻轻摇，

小宝宝啊过生日。

风不吹，树不摇

小鸟不飞也不叫，

小宝宝啊过生日。

风不吹，云不飘，

蓝蓝的天空静悄悄，

小宝宝，祝你生日快乐。

最后，在音乐的伴奏下，我们一起唱起了《祝你生日快乐》。

还没唱完，突然有孩子喊了一声："龙龙哭了！"

这是我怎么也没想到的，不知该怎么处理。于是我含糊一句："他太幸福了，那是幸福的泪水。好。今晚回去，每人写一张纸条，上面写上你的姓名、你的生日。以后每个小朋友过生日，我们都这样来庆祝。好吗？"我热切地望着每个孩子。

"好！"一片喜悦之情在教室里飘荡。

下课铃响了，我正准备走出教室，小女孩吴艺华走了过来。

"老师，给您一封信。"

"信？谁写的？"

"我刚刚写的。"她小声说完就跑出了教室。

打开她叠起来的"信"——其实是一张小纸条，我不禁笑了。"信"的上下方各写着一句话"老师，我爱你（'爱'用拼音代替）。""信"的正面、背面各写着一句话："老师，我爱你（'爱'用拼音代替）。"

哈哈，"爱"的教育立马见到效果了！

我乐滋滋地走出教室。

后记：

下午放学时，柳津龙高兴地让我看小朋友给他的生日礼物——一幅又一幅画。色彩艳丽得很呢！

真是快乐的一天！美丽的一天！

5月25日　星期四　晴

让我给你一个拥抱

早自习的铃声刚响，我已经站在教室里了。

看着孩子们一个个坐端正后，我把昨天的听写单发了下去。成绩不理想，全班一字不错的只有17人，连三分之一都不到，与上次听写成绩相比直线下降。看来，最近因为准备"全国十城市运动会"开幕式上的表演，孩子们实实在在分心了。

我告诫自己不可动怒，越是这种时候越需要平心静气，静可生慧。

"物以稀为贵"，正是因为过关的人少，才更需要树立榜样，给他们满满的光荣感。如何表彰这少有的17位孩子呢？依旧画红旗？给笑脸？不好，换个花样吧。有了！

盯着孩子们一一改完了错，我清清嗓子，亮开嗓门说："下面，让我们用热烈的掌声有请听写全对的同学登——上——讲——台！"

待17位孩子在讲台上站好后，我宣布："颁奖仪式现在开始！首先，请学生代表与诸位获奖者握手祝贺！学生代表请这两天进步最大的陈冰晨、杨彬担任。"

"哈哈哈……嘻嘻嘻……"显然，孩子们觉得有趣。

握手完毕，两位代表刚落座，我继续宣布："接下来，请你们的石老师给每位获奖者一个热情的拥抱！"

"哇！"下面一片惊呼，接着各种声音此起彼伏：

"早知道我也得一百分。"

"唉，就错了一个字啊。老天不公！"

"都怪我太粗心，这个字明明会写的。"

"好好的一点我怎么就丢了呢？造化弄人啊！"

"老师啊老师，可不可以先赊我一个拥抱啊？"

……

再看看讲台上的胜利者们，个个兴奋地睁大眼睛对望着，满眼透着无法掩饰的喜悦、激动。是啊，我还从来没在全班面前和哪个同学拥抱过呢。（私下的个别拥抱是有的，但仅限于很少的几次。）

第一个，第二个，第三个……

本以为一两分钟的拥抱，竟然足足用去我五分钟的时间。与每一个孩子的拥抱，最后都因为他们不松手而不得不拖延时间。在我们相拥的那一

刻，我分明感受到他们对这份奖品喜欢之至。

上课铃响了，我们师生在爱与被爱的氛围中开始了新课之旅……

5月26日　星期五　晴

在一起

下班回家的路上，竟然遇到了曾经的学生。看看表，都已经 19：50 了。我问他怎么才回家，他说："老师您忘了，我高三啊！学校补课呢。老师，可真是巧啊，昨天晚上找一本复习册时看到了当年的毕业手册，读着您写给我们的信，特别感动。等高考完，我们约您出来回忆童年。"

"好的，祝你考上理想的大学！"

他说的那封信我记得，那是我专门为他们准备的毕业礼物，在每个同学一本的毕业手册里写的，完全是私人订制版。

在一起

——给我的孩子们

今天不知怎么了，那么激动！或许正如我所说，潜意识里知道和你们在一起的时光越来越短，在这春暖花开的季节——我们一起度过的最后一个春天，情绪剧烈波动了！

今年，就是我参加工作整整第二十个年头了。二十年来，我带过两批整整六年的学生（其余都是半道接的）：一批现正上大三，一批就是你们——雁滩小学 2011 届六年级一班的你们。

带第一批学生时，我既是语文老师，又是他们的班主任，所以感情很深，直到现在，逢年过节，他们都会祝福我，我以此为骄傲。我把它看成自己最好的教育成果，最大的工作收获！

送走了他们，过了几年，我从你们父母的手中把你们迎进了雁滩小学一年级一班的教室，开始了属于我们的"六年之旅"。对这六年，我是充满信心的，因为我自信，比起带第一批学生的自己，不管是经验上，还是理论上，我都进步了不少。更重要的是，喜欢和孩子在一起的那份心丝毫没有减弱！有了这些，我怎能干不好呢？

一年级到四年级，我们时刻在一起，因为除了教你们的语文课，我还担任你们的班主任。生病了，我要管；淘气惹祸了，我要收拾；美术课忘带画具，我要提醒；值日搞得好，我要夸赞……一天到晚忙个不停，但乐此不疲。

五年级，我不当班主任了，只教你们的语文课。突然之间，那么多事不用我再操心了，心里竟然空落落的。记得我还为此写了一篇随笔《不当班主任的日子》，用笔倾诉了失落之情。本想当时与你们分享，后来觉得还是让你们尽快与新班主任熟悉起来吧，于是将这一念头打消了。

上周的一节语文课上，让你们说身边的发现，我清清楚楚地记得，坐在角落里的小高山站起来一字一顿地说："我发现石老师离我们越来越远了。"看着他满脸的无奈与遗憾，我好想回答："不，你们错了，我的心从未和你们分开过！"但我没说，因为我相信你们能从我们相处的点点滴滴中感受到这句话。

今天，我把这句话清清楚楚地说给你们听，状态之自然令自己吃惊，我这才深知：这份师生情已经沉淀在内心深处了！你们每一个人，都将成为我生命记忆的一部分！

当六年的小学日子渐渐成为过去，当老师在你们眼中渐渐成为远去的风景时，唯愿曾经共同经历的喜怒哀乐能成为你们今后成长的美好回忆。教室里琅琅的读书声，教室里无尽的欢笑声，还有教室里我的批评声

那么多生动的细节，那么多精彩的片断，如果经年之后你们依然记得，那是我的骄傲。

泰戈尔说："无论黄昏把树的影子拉得多长，它总是和根连在一起。"那么，老师要说："无论你们走得多远，我总是和你们连在一起！"

5月27日　星期六　晴

给孩子尊重，给生命色彩

晚上和父母、哥嫂一起吃饭。说到在二中上高中的侄女睡不着觉的事情时，我和小哥情不自禁地回忆起了当年我们上初中的情景。当我说起进入初中的第一天被一个男同学戏弄时，竟红了眼睛，竭力控制才没有失态。

没有想到，怎么也没有想到，当年一个调皮男孩的恶作剧，在几十年以后的今天，仍会让我心痛。虽然是不经意谈起的，但谈到那一幕的时候，痛的感觉依然清晰，令我不能自持。

很自然地就想起了那个耐人寻味的"钉子"的故事：

有一个坏脾气的男孩，他父亲给了他一袋钉子，并且告诉他，每当他发脾气的时候，就钉一根在后院的围栏上。第一天，这个男孩钉下了37根钉子。慢慢地，男孩每天钉的钉子减少了，他发现控制自己的脾气要比钉下那些钉子容易。于是有一天，男孩觉得自己再也不会失去耐性、乱发脾气了。他把这件事情告诉了父亲。父亲说："从现在开始，每当你能控制自己脾气的时候，就拔出一根钉子。"一段时间过去了，男孩告诉父亲，自己终于把所有的钉子都拔出来了。父亲握着他的手说："你做得很好，我的好孩子！但是看看围栏上的那些洞，围栏将永远不能恢复到原来的样子。你生气的时候说的话，就像这些钉子一样留下疤痕。如果你拿刀子捅别人一刀，不管你说了多少次对不起，那个伤口将永远存在。话语的伤痛就像真实的伤痛一样令人无法承受。"

这个故事流传很广，引起了无数人的深思。

作为一名教育工作者，我知道保护孩子的自尊心。可这一刻，我对此的感受从来没有如此深刻过，我不敢想象，如果一个孩子没有了自尊，这个世界还有什么值得他尊重？还有什么他不敢去做？这一刻，我郑重告诫自己：不要让你的某一个孩子在许多年以后还因为你的过失而心痛，更不要让任何一个孩子的自尊在你手里丧失！

老师啊，不要只一味地盯着孩子的成绩，先帮助孩子们塑造一个健康的心态吧！成长理应比成功更重要。

"给孩子自尊，给生命色彩"，从我做起。

5 月 28 日　星期天　晴

技术的最高境界

午睡起来，看看表，时针指向 15：16。明媚的阳光透过窗帘射进来，照在身上暖暖的。每一道柔和的光线都好似妈妈温柔的抚摸，让我觉得亲切而舒服。此刻若有音乐相伴，岂不美哉？

拿起手机，打开"腾讯视频"，搜索往期的《中国好声音》节目。边看边感叹：咱大中国的好声音真多啊！

有一位小伙子，第一次唱完后，刘欢、庾澄庆、杨坤、那英四位评委提了些建议，要他再努力，并给了他第二次唱的机会。

经过几天的准备，他又来了。对他来说，第二次也就是最后一次。所以，他听取了每位评委的意见，准备完美演绎一首歌。可上台的一瞬间，他的大脑突然一片空白，太紧张了啊！哪个地方应该怎么唱，哪个地方要注意什么，全然不知道了。

只能搏了！

他完全听从自己的情感，听从自己的心灵，这次演唱成了他无数次演唱当中唯一一次没有技巧的舞台表演。唱到最后，他泪流满面。评委们则早已激动地从座位上站起来，一个个挥手、摇臂、呐喊……

结果——全票通过！

评委总结："第一次，你输在演唱太完美，完美到没有一点瑕疵，但我们没有听到你内心的声音。第二次，你赢在演唱太真实，真实到只有情感的表达，没有技巧的刻意打造。"

原来，技术的最高境界就是"没有任何技巧"。

唱歌如此，别的事呢？

5月29日　星期一　晴

今天是个好日子

窗外阳光明媚，是个好日子。

是啊，还真是个好日子！竟然在同一天接到两位调出大砂坪小学的老师的问候电话。寒暄完毕，我不由得想起了与她俩相关的2014年12月26日，那天也是一个好日子，因她俩而起的好日子。

2014年12月26日中午，从外面吃完饭回到校园，接到了去陇南支教的王素萍老师的电话："石校长，我今天的解说非常成功！谢谢您当初的鼓励！"（她代表支教学校接待当地市、区两级教育局，各校教师代表七八十人的参观，任解说员。从没干过解说工作的她起初很忐忑，怕干不好，打电话向我讨主意。我鼓励："没事，省会城市的老师什么没见过？你绝对能胜任。放心去做！要敢于挑战自己！"）接着，7月份交流走的王好菊老师又给全校老师寄来新年贺卡（包括保安、传达室人员都有）。想想她从购买贺卡（每张贺卡都不一样）到一张一张根据个人特点写好内容，再到写封面、贴邮票、投递，费了多少心思在里面。真正是礼轻情意重啊！为了回馈她这份珍贵的心意，我们在电教室举行了隆重的颁发贺卡仪式。看着老师们拿到贺卡时的张张笑脸，由衷地感谢好菊老师送给我们如此特别而难忘的新年礼物。

下午两点半，六年级三班的队会又给了我们太多欣喜与激动。目睹孩子们的成长，无以言表的喜悦在心头一个劲地跳跃，太兴奋了！

最后总结时，我告诉孩子们这一件件令人喜悦的事情，可惜因为激动，只一心记着称赞孩子们，抓住契机树立他们的自信，却忘记将自己的感悟与孩子们分享。

感悟一：只要去做，去大胆尝试，每个人都可以创造奇迹！成人、孩子皆如此。做最好的自己。

感悟二：拥有时不觉得珍贵，失去时才明白曾经拥有的多么可贵。所以要好好珍惜当下！

感悟三：孩子毕竟是孩子，再调皮的孩子还是愿意得到他人的尊重与欣赏。当我们平等地看待每一个孩子的时候，就会发现人人都是宝。在众多的教育措施中，我发现教育孩子最好的方式是丰富多彩的活动，在活动中，孩子们自会明白什么该做什么不该做。更重要的是，活动中强大的正能量气场既可以"润物细无声"，又可以事半功倍地吸引孩子朝着积极的

方向发展。那种"气场"有着超人的魅力，使在场的每一个人都愿意变得更加美好、更加优秀。

好日子好心情，好心情好日子。

5月30日　星期二　晴

我有同行者了，老师们也开始像我一样写工作日记了。分享其中的一篇吧。

一场风波之后

陈亲辉

和往常一样，满血复活走进教室，想利用午读时间陪孩子们来一场激烈的"飞花令"。

可是当我走进教室，眼前的一幕不禁令我火冒三丈：瞧，其他孩子都在积极背诵自己收集的关于"鸟"和"花"的古诗，准备一展风采，可是洋洋和佳佳两位同学却不知道为什么，气成了两只小老虎。更让人生气的是，桌子下面一堆废纸。依着惯例和对他俩的印象，我总觉得导火索肯定是洋洋 想着想着，更加按捺不住心中的怒火，我狠狠地叫洋洋起立，厉声责问他："你怎么回事？不知道现在是午读时间吗？看看同学们都在做什么，你又在干什么？把你的绿牌上交，直接罚红牌 "

"老师，他把绿牌撕了 "佳佳同学说。

"什么？"撕了同学们都比较珍视的绿牌！我非常惊诧。

要知道，本学期开学初，我们班就建立了红、黄、绿牌奖励制度。周一发绿牌，能够将绿牌保持到周末的孩子不仅有加分，还可以自愿选择奖励，这是每个孩子都很在意的，我知道洋洋也不例外，看来有故事。于是，我慢慢地平静下来，叫洋洋走到讲台边和他单独交流，这才知道，原来是组长说他什么都做不好，拖了小组的后腿，自尊心超强的孩子便一气之下撕了绿牌。

看着洋洋委屈的样子，也着实让人心疼。我说："谁说你什么都做不好了？老师觉得你特别棒。你看，那天学完古诗，你不是即兴写诗了吗？而且写得那么好。今天晚上回去，把你那首原创的诗发到群里，让叔叔阿姨帮你改改，看看洋洋都会写诗了，是不是超级棒？"孩子听了，眼里闪烁着灵动的流光，我看到了他被人肯定的喜悦。他主动承认自己撕绿牌是不对的，还给佳佳同学道歉。

然后，我又单独和佳佳同学谈话："孩子，你的组织能力特别强。洋洋是我们班比较淘气的孩子，但是在你们小组，我看你调动得不错啊。看看你们小组，得过好几次团队奖呢。最厉害、最优秀的组长是要想办法让自己的组员不掉队，而不是处处责备他　　"佳佳若有所思，主动找洋洋同学商议小组加分事宜。

晚上，洋洋把自己的诗发到群里，家长们纷纷点赞。第二天的听写，他们小组又获得了团队百分奖。

一场风波就这样结束了。虽然之前的"飞花令"没有如期进行，但是看着和解的两个孩子，看到他们超强的团队意识，我感到一丝欣慰。

是啊，生本管理调动了孩子们的积极性，也培养了孩子们的自我管理能力。但是在这个过程中，还要教会孩子们正确处理同学关系，要让孩子明白，每个人身上都有熠熠生辉的地方，每个孩子都是一颗闪亮的星星。学会与他人相处，学会做一个受欢迎的人远比优异的成绩更重要。

5月31日 星期三 阴

远方亲人来信了

自上次教孩子们写信后，他们陆陆续续收到了亲人的来信，有爸爸妈妈的，有爷爷奶奶的，有叔叔姑姑的……每次看着他们激动而兴奋地拆信、读信、回味，我感同身受，越发觉得当初教他们写信，带他们去邮局寄信是有意义的。

今天，嘉荣小朋友收到了远方叔叔的来信。当我把信交到他手里时，他竟然有点不相信！

"老师，谁给我写的信啊？"小家伙一脸的奇怪。

"你看看，信封右下角的落款处不是写了名字吗？想一想，你家里的哪个亲人叫这个名字？"我一边微笑，一边看着他说。

他盯着落款处的名字看了一会儿，拍了拍自己的脑袋，说："哦，知道了！这好像是我小叔叔的名字！"

"赶紧拆开看看，看看叔叔都说了些什么？"

他小心翼翼地拆开信封，小心翼翼地取出信，然后颇为庄严地展开信纸，一个字、一个字读起来。遇到因为书写潦草而不认识的字，就问问站在他身旁的我。

读完信，抑制不住的笑容在他的脸庞荡漾。我看着他，也忍不住笑了。

6月1日　星期四　晴

与自己的对话

连续两天的公开课。

昨天（5月31日）在校内做了35岁以上骨干教师公开课；今天（6月1日），在七里河小学做了省级骨干教师优质课（昨天下午3点钟抽的课题）。两天加起来，睡眠不足7小时，熬夜为上好课做准备。

累吗？累，很累！

就说昨天晚上吧，睡觉时已快凌晨3点了，今天早上5点又爬起来（自动醒的，往常可是闹铃叫不醒的人啊）修改课件、修改教案、在大脑里演练教案，一遍又一遍。8点，去自己的学校试讲；8：40，趴在办公桌上重修教案、课件；10：30，风驰电掣一般赶到七里河小学，滴水未沾、滴食未进。匆匆安装好课件，预备铃就响了。定定神，进入讲课状态。等下课铃响起，和学生互道再见，走下讲台后，饥饿、劳累席卷而来！

累吗？累，很累！

但我很快乐！

有时候想，四十多岁的女人了，拼什么呀？淡然处世吧！有了那些荣誉，能干什么？可每当静下心拷问自己：真的只是因为那一纸证书吗？真的那么在乎名利吗？

但不能平的，为什么偏要白白走这一遭啊？

有了证书就不是白白走一遭了吗？

至少它们能证明我为自己的理想奋斗过！看到它们，我就看到了自己点点滴滴的成长、进步；看到它们，我就看到了自己走过的每一个踏踏实实的脚印！也应该算是一种自我价值认定吧。

哦，明白了。那就好好努力，证明自己！

但不能平的，为什么偏要白白走这一遭啊？

你聪明的，告诉我，是不是这个理儿？

6月2日　星期五　雨

你还写信吗

你还写信吗？

想想写信这样的事，曾经离自己好遥远。如果没记错，在有了自己的小家之后，我仅仅在儿子十八岁生日时给他写了一封信，祝贺他长大成人。其余时光，难得用这种方式表达内心所想。

重提笔，还是因为儿子。

起初没想过与上大学的儿子用这种方式交流，脑海里充斥的全是又便捷又形象的微信，要声音有声音，要图像有图像，还能现场视频聊天，再好不过了，什么样的情感不能表达啊！所以儿子去上学，他的手机数据业务，我们依然为他开启着。

记得那一天是工作日，传达室的老师告诉我有我的信。我以为又是那些宣传各种会议的信件，一副不以为然的样子，甚至当她把信放在我桌子上时，我瞥都没瞥一眼就去上课了。中午吃完饭，整理桌子时，才看到那封信件的与众不同——好熟悉的笔迹！啊，是儿子！儿子的信！迫不及待地撕开信封，郑重端坐，竭力平静，慢慢打开。当"最爱的爸妈"映入眼帘时，我的泪水夺眶而出。朝夕相伴十八年，第一次听到他这样称呼我们，确实有些"受宠若惊"了。一字字、一行行看下去，真可以说是心潮澎湃，我在欣慰与感动中一次次幸福着。看完一遍再看一遍，我拿出鉴赏文学名著的愉悦之心不厌其烦地欣赏，细细品味儿子字里行间想要表达的细枝末节的情感。

终于读完，收起来信，随即回信。摊开信纸，一气呵成，满满5页。我用实际行动践行作文课上给孩子们常说的那句话"我手写我心"，也感受着直抒胸臆的畅快。

之后嘛，儿子写给我们的这封信就成了我们炫耀的珍贵资本——拿给父母看，拿给哥嫂看，拿给好友看，让这些至亲至爱的人一起分享我们的快乐与幸福。

再后来，由于被儿子信中引用的那句古诗"家书抵万金"诱惑，我、老公、爸爸一封接一封地给儿子写信。每周和儿子通电话时，我明显感觉到那些信带给他的温暖和给予他的力量。

以前，"文字是有温度的"只是来自于专家之口，也来自于我给孩子们的"鹦鹉学舌"，而现在，一封封信不仅令我感受到了文字的温度，通过那或工整或潦草的笔迹，我也感受到了它强大的生命力——儿子的情感通过那一个个字符一览无余，宛如面对面。不，胜于面对面！正如儿子所言："有些话，只能通过写信才好意思向你们表达。"我们又何尝不是如此呢？什么"好想你""永远爱你""恨不得马上就能拥抱你"之类的酸语酸言，搁在生活中，我和老公是怎么也张不开口说给儿子听的。

无论通讯方式怎样改变，先进到怎样的程度，书信永远是人与人之间最好的交流方式——我之拙见。

6月3日　星期六　雨

百班千人

晚上，受一个小同行刘苑的邀请，我以一个听众的身份加入了"百班千人读绘本"活动。

今天，老师、家长、孩子共读的绘本是《天空小熊第一次探险》。作者是日本的加藤真治。

这本书主要讲的是：在遥远的北方，北极熊兄弟小熊和天空寻找走散的妈妈。可是在路上，兄弟俩也走散了。弟弟天空遇到麝牛、北极燕鸥和海豹，它们都在急急忙忙地逃命，而天空也将遇到意想不到的危险……一个令人感动、引人深思的故事，引导孩子们学会尊重生命，保护环境，守护我们唯一的地球。

在阅读导师的引领下，所有读者一步步深入故事，不断为他人、为自己新的阅读发现而惊喜。自始至终，我虽没有发言，但内心涌动着和其他人一样的激动与兴奋。唯一不同的是，我的兴奋里还包含着对小同行的敬佩之情，敬佩年轻的她有浓浓的教育情怀。

让我用她的话作结吧："这是一个很有收获的夜晚！黄老师聚焦文和图，还结合自己和孩子们的生活实际，带领我们找到了这个故事里的乐趣，也感悟到环保对于地球和地球上的生物来说真的很重要呢！而孩子们的回答和思考，也让我们的共读旅程充满了惊喜和创意！孩子的心多么纯粹，如同极地一般干净美好。他们的小想法、小心思，也让我们为之喝彩！读有所乐，读有所思，读有所悟。阅读带我们到达更多彩的远方。感谢黄芳老师的精心准备和全面的共读引领，带着我们跟着北极熊一同探险，一同思考。愿我们一直在路上，一路一起走！"

6月4日　星期天　阴

我想你了

因为经常写东西、看东西，为了免受打扰，我的 QQ 总是 "隐身" 状态，难得和孩子们遇见。

今天早上起来，收拾停当，打开电脑，我亮起了头像，处于 "在线" 状态，只因和人有约。

QQ 响起来了，朋友来了。聊得兴起，一时忘了隐身。

不一会儿，QQ 又响起来了。是谁呢？

∂、枫叶七令﹨殇↖ 8:45:56

老师在吗？又有一批学生要毕业了，我觉得时间过得好快，离开母校都快三年了，真想念母校啊。

一棵树 8:46:28

好温暖的话。

∂、枫叶七令﹨殇↖ 8:46:32

嗯嗯。

∂、枫叶七令﹨殇↖ 8:49:08

老师，我想你了。

一棵树 8:49:49

我也想你们啊！

♂、枫叶七令╲殇ペ 8:50:07

嗯。

一棵树 8:50:14

昨天学校庆六一，看着六年级的孩子，就想起了你们。

♂、枫叶七令╲殇ペ 8:50:27

老师，您现在带几年级？好想再听您讲课。

♂、枫叶七令╲殇ペ 8:50:38

老师，您还记得我课堂上朗读课文的样子吗？一口地道的"川普"，"四"和"十"总是分不清。您呢，总是一遍一遍教我，可我　唉！

正聊着呢，又有人呼叫：

别烦 9:14:02

老师，在吗？

一棵树 9:15:29

在。

一棵树 9:19:12

李成文，对吧，还好吗？

别烦 9:25:53

老师，想您了！

一棵树 9:26:18

非常感谢你的想念。

一棵树 9:27:36

今天周末，上网放松来了？学习情况如何？

别烦 9:28:45

老师，还可以。

一棵树 9:29:04

那就好。

一棵树 9:30:10

爸爸妈妈都好吧？

别烦 9:31:18

都好。

又有人呼叫：

刘嘉伟 9:36:48

老师在吗？

一棵树 9:37:00

在。

一棵树 9:37:32

你好！

刘嘉伟 9:38:03

好久不见，老师还好吗？

一棵树 9:38:10

好啊！

一棵树 9:39:17

你怎么样？

刘嘉伟 9:39:42

我很好。

刘嘉伟 9:42:58

那我过几天去看您！

一棵树 9:43:10

好啊。

一棵树 9:43:20

让我看看你长高了没有？

刘嘉伟 9:45:29

好的，真想您啊！

"我想你了！"短暂的时光，我就被这样的话语温暖着，那些曾经朝夕相处的孩子们，像天使一样送给我一份份珍贵的礼物——爱。这爱，是想念，是牵挂，是对校园生活的美好回忆……

我珍藏于心。

6月5日　星期一　雷阵雨

雷　雨

下午第一节课下，天空突然变得压抑起来，大片大片的云层瞬间堆积起来，天色越来越暗。高年级的孩子们喊起来："雷雨就要来了，雷雨就要来了！"体育老师赶紧让孩子们集中回教室。

第二节是我的课。进入教室，光线暗得好似黑夜。正要开灯，西天黑密的云层里一道闪电破空而过，像夏夜里划过天际的流星一样，霎时间照亮了整个黑暗的大地，震耳欲聋的雷声顷刻间布满了整个阴暗的天空。孩子们全都"啊"地叫起来，一个个伸直脖子往窗外望去。

于是我不再上课。等孩子们的喊叫声小一些后，我说："来，一起背诵《雷雨》。边背边想，课文中描写的哪些情景，你此刻看到了，感受到了？"孩子们兴奋地背起来，边背边看窗外。课文背完，我让他们全都站在窗户边观察，他们一个个看着，说着，笑着，喊着。

在接二连三的闪电和雷声中，大大的雨点噼里啪啦地捶打着大地。忽然一阵狂风吹过，浓浓的雨腥味和着尘土味跃窗而来，孩子们喊着："雨进来了！雨进来了！"分不清声音里包含的是兴奋还是恐惧。

乌云遮天蔽日，天空如一口倒扣的铁锅，令人窒息。"轰隆隆"，犹如一颗飞雷从地平线滚起，飞到高空，"啪——"让人心惊胆战地爆炸了。天壁撕裂，大地震颤，一道闪电从眼前掠过，如金蛇般蜿蜒向天穹蹿去。

又一声更加猛烈的炸响，好像响在脚下，又似乎炸在楼顶；恍若响在天外，又仿佛炸在眼前，让人感觉雷声无处不在，却又不知从何而来。天空就像一个铁皮桶，这儿被摇撼，那儿被撼动，"轰隆隆"一声接一声。

我索性将孩子们带出教室，让他们站在教学楼大厅里，透过玻璃门更清晰地感受这场罕见的雷雨。

只见闪电更加密集，鞭子似的横甩竖抽，让人头晕目眩，眼冒金星。闪电映照下的房屋、树木、街道都变了样，像稀奇古怪的画儿。雷电成了主宰世界的霸主，自由驰骋于天地间。风在雷声中起舞，在闪电中呼啸，从云层里抽出的雨丝，细细的，密密的，像早年乡间面坊的挂面漫天抖落。转眼雨丝膨大，变成了雨柱，砸在水泥地面上，一朵朵水珠集成的花瓣争相绽放，"噼里啪啦"奔向了四面八方，声如欢呼，如擂鼓，又似奔马，汇成一首暴风雨的交响曲。仰望天空，雷在猛吼，雨在狂唱……

近半个小时后，雨声开始变小，天色开始变亮，我们回到教室。

我布置晚上的作业："今晚的其中一项作业是把刚才的观察写成一篇日记。"

"啊？唉！"孩子们的声音和表情分明是对我说："老师，我们上当了！"

6月6日　星期二　晴

致高考学子

2017 年的夏天在不可阻挡中到来，又会在不可阻挡中离去，不留任何痕迹。我们选择了高中，就选择了风雨兼程，选择了必然要经历一场磨砺、必然会迎战六月的高考。

走进高考考场，就意味着羽翼已经丰满，即将告别母校振翅高飞，去更广阔的天空翱翔。

高考是人生的一个转折点、一个驿站，我们终究会成为高考路上的一个过往者。年复一年，无数个夏天会到来，无数次高考也会接踵而来。

多年以后的午后，当我们不再是高考生，不再需要备战高考，洗过热水澡，穿着宽松的衣裤坐在藤椅上细品香茗时，偶尔回忆起这些普通却令人难忘的又极富纪念意义的曾经，一定会会心一笑。

高考就要来临，然后又从你们的身边消失不见。总有那么一天，高三的一切终将成为回忆。既然如此，就给自己一个美好的经过吧！

6月7日　星期三　晴转雷阵雨

由毕业考卷想到的

今天的语文毕业考卷，引起了很多老师的关注！大家褒贬不一，各抒己见。统一的观点是：孩子们不会考得太理想。是的，如果孩子们只是抱着一本教科书反复啃来啃去，即使对每一个内容烂熟于心，就今天的卷子而言，依然不会考出理想的成绩。

其实，语文教学的变革早已经悄然发生：五泉小学实验班同时使用两套不同版本的语文教材以及学校的大阅读校本课程；水车园小学的整本书阅读；民主西路小学的绘本特色；各校的书香校园建设、书香班级建设……自去年的"生本"实验迈开脚步，更是将我区的语文教学推向海量阅读的路径。这一切的一切，应该是可喜的。

北京十一学校校长李希贵认为，自己儿子的语文成绩遥遥领先，不是语文老师的功劳，而应归功于阅读。正是长期的阅读积累和感悟，提高了孩子的语文涵养。语文学科的基础就是阅读。新教育的发起人朱永新也提出："一个人的精神发育史就是他的阅读史。阅读是教育中最重要的活动。"由此可见，语文教学的根就是教会学生阅读。

说到这里，我想到了韩兴娥的海量阅读。韩兴娥，山东省潍坊市北海学校语文教师。她的"课内海量阅读"被《中国教育报》等多家报刊报道，引发了"语文课能否从教材中突围"的大讨论。她把教女儿认字、读书的做法迁移到了课堂教学中，从而使学生没有家庭作业，却个个考试成绩优异，全班没有一个差生。她的专著《我的语文实验故事》不到半年就已脱销。现在，她依然带领着学生远离苦不堪言的作业，自由自在地畅游书海，为孩子们的书香人生奠定基础。她的实验成功向我们证明了语文教学不在于课要上得多么华丽，而在于学生阅读积累的量有多少。 就用曾任国家教育委员会副主任、国家语言文字工作委员会主任、教育部总督学的柳斌同志的话作结吧："提高学生的语文能力和语文素养，靠批评、训责不是好办法，靠考试施压不是好的办法，靠详细分析、讲解也不是好的办法。有没有好的办法呢？我觉得有，应该有！用一个字概括：'读！'选精美的文章熟读！这不但是一个办法，而且是学语文的大办法，是最根本的办法。"

6月8日　星期四　晴

观《摔跤吧！爸爸》有感

前几天，在一个朋友的简书里了解到这部影片，感觉很不错。在网上查了一下资料，就有了更深入的了解。

《摔跤吧！爸爸》是一部由尼特什·提瓦瑞执导、阿米尔·汗领衔主演的印度电影，根据真人真事改编，讲述曾经的摔跤冠军辛格培养两个女儿成为女子摔跤冠军，打破印度传统的励志故事。该影片于2017年5月5日在中国大陆上映。2017年获得第62届印度电影观众奖。该片自上映以来，在印度和欧美亚各国家票房都很高。豆瓣评分达到9.4分。

晚上，伴随着尚无睡意的小激动，有一搭没一搭地翻看影视大全，忽然间就看见了它——《摔跤吧！爸爸》。此时的我睡意全无，认认真真地看完了。看到精彩处，忍不住倒回去再看一遍。就这样，一部158分钟的电影，我用了186分钟才看完。

虽然是一部励志喜剧，但伴随着欢乐的笑声，你会流泪，会呐喊，会鼓掌，会握紧拳头喊"加油"，也会满含热泪自言自语："好样的！"……关于剧情，我不想多说，只想说：这部电影值得一看，强烈推荐！

整部影片，我们收获的不仅是对人生的启迪，还有对男主角阿米尔·汗的敬佩。先不对他的演技做任何评价，单说为了一部电影，他短时间内从138斤增重到194斤，然后再用五个月的时间瘦到144斤，这种敬业的精神，令人尊重、敬佩。

6月9日　星期五　晴

真正的自信
——《芭萨提的颜色》观后感

今晚继续观看印度电影。上网搜索，搜到了《芭萨提的颜色》。

没想到，爱国题材的电影，印度人也能拍得如此好看。

影片一开始展现的印度年轻人的放荡不羁跟我国的一部分年轻人没什么两样，对国家独立之前的爱国主义、英雄人物所持的虚无主义的态度令人担忧。后来在女主角的感召下，年轻人们渐渐改变，直至最后在现实冲突中完全化身历史人物，完成了升华。像阿米尔·汗在片中所说："生命有两种活法，忍受现有的方式，或者，负起责任来改变。"历史的进步正是来自于后者。片中历史与现实画面的反复播放极具视觉冲击力。在爱国主义的主线下，推动剧情不断上升，直至顶点。

敢于自揭其丑，才有前进的可能。越是有冲突、有碰撞，越有解决问题的可能。一味地压制，只会让问题越来越严重。但愿我们都明白这个道理。

6月10日　星期六　晴

教育无小事

周六加完班，坐公交车回家。因为已过高峰期，车上人不多，我找了一个靠后的座位坐了下来。

"妈妈，雪糕吃完了，这包装袋湿湿的，我不拿，你帮我拿着。"

循声看见坐在前排的一个六七岁的小男孩，正把手里的雪糕包装袋往妈妈手里塞。妈妈显然也不愿意拿，一边躲避，一边悄声说了一句什么。只见小男孩迅速往座位下看了一眼，然后坐端正了。我想探个究竟，就弯腰看去，哦，他把包装袋扔在座位下面了。再看娘俩，若无其事地谈论起下车后去买什么、吃什么，刚才的行为显然对他们没有丝毫影响。

一句话突然从我的脑中闪出——"教育无小事，事事育人"，挥之不去，避之不开。

不知道这位母亲还有多少小事是用这样的方法教育孩子的，但愿答案是：只有这一次。

"十年树木，百年树人"是古人给我们的厚训。在对孩子的教育中，父母的一言一行就是最好的榜样。讲了再多的大道理，没有落实到自己的行动中，只是一味要求孩子，甚至像这位母亲一样教孩子错误的行为，实在是令人担忧。

在家庭中，教育孩子的过程也是父母教育自己的过程。孩子的言行常常可以反映出父母自己的言行。所以父母希望孩子怎样，父母自己就应该怎样。那么，作为学校，如何引领家长成为孩子最好的老师，这一课题任重而道远。

6月11日　星期天　晴

健康是"1"

今天是一年一度"兰马赛"的日子，大家都在谈论"拼搏""坚持""毅力""挑战自我"等励志的主题。而当我来到滨河路，看到那些跃动的生命，感受到他们生命强有力的脉搏，我只想说："健康真好！"

近日，陆续目睹、听闻身边的亲人、朋友、同事甚至年幼的孩子备受病痛的折磨，听到了他们小小的，却暂时无法实现的心愿"如果能出去自由地走走该多好"。不得不承认健康问题不容忽视，尤其到了我们这个年龄。

曾有人演绎了一个"健康数论"：健康是1，其他所有的东西，譬如事业、财富、爱情、婚姻等等都是0。有了前面的1，后面的0才有价值。如果前面的1没有了，后面的东西再多也是0。这个道理其实很简单，人人都明白。"数论"告诉我们的是：健康是成功的本钱，虽然不能说"拥有了健康就拥有了一切"，但是，如果没有了健康，就真的会失去一切！这样的例子，在生活中不是没有，如那些积劳成疾、英年早逝的大企业家、名人等。人都没了，身后的那些财富、名誉又有何用？知道爱惜自己身体的人才会享受生活，才会爱别人！

是的，我们只有先好好爱自己，才有能力、有精力去好好爱别人。从这个意义上说，珍视自己的健康是对别人的负责。

有人进行了这样的设想，虽为调侃，但颇有道理：十年后，您把现在的奔驰、宝马给孩子，他们会说太旧了！

十年后，您把现在的苹果手机给孩子，他们会说别逗了！

十年后，您躺在病床上抱着一堆存折，要儿女天天给你端屎端尿，儿女们会说："雇保姆吧！"

三十年后，您保持了健康的体魄，还能到处旅游，您的孩子会说："老爸老妈，你们太明智了！"

给孩子最好的礼物是自己的健康！

高品质的生活从健康开始！

健康是一种责任！

6月12日　星期一　晴

我没有优点

　　早上理解《语文园地七》"博采众长"一词时，我和孩子们谈到了"取长补短""人外有人，天外有天"等说法。为了让他们每个人悦纳自己，我说："以四人小组为单位，每人说出自己的一个优点。两分钟后汇报交流。"

　　"时间到。现在准备交流。"

　　不料我的话音刚落，新茹就喊了起来："老师，我们组的翔翔说他不参与交流。"

　　"为什么？为什么翔翔不参加？"我奇怪地问。

　　"他说他没有优点。"他们组的三个组员齐声说道。

　　不会吧？正是担心他们一时找不出自己太多的优点，所以我布置时才说"找一个优点"。不至于连一个优点也找不出来吧？我疑惑地看了看翔翔，问："一个优点都没找到？"

　　他看着我，不好意思地说："我还没想好呢。"

　　怎么办？有了！

　　"翔翔，请你站起来。"

　　他犹豫着站起来，猜不透我要做什么。

　　"有谁知道翔翔的优点？说给翔翔听一听。"我环视教室一周，对孩子们说。

　　"唰"一下，有七八个孩子举起了手。看来他的优点还真不够多。我继续启发："想一想，平时和翔翔在一起，你们都喜欢他做什么啊？"

　　果然，又增加了几个举手的孩子。

我叫起坐在他前排的季华："你离翔翔最近，对他的了解应该多一些。你先说。"

"他待人和气，从不说脏话，也从不打人。"

"打人"二字刚出口，就有好几个孩子反对："不对不对，刚才下课，翔翔还打我了。"立刻就有其他孩子附和："就是就是。他刚才也打我了。"

唉，怪不得翔翔那么没自信，原来到处是告状声啊。

我示意孩子们安静下来，然后说："让我们听听季华为什么如此评价翔翔。难道是季华撒谎了？季华，请你说说理由。"

季华倒也坦然，说："反正他从来没骂过我，也没打过我。"说完还转过头看了一下翔翔。翔翔眼里满是感激。

该我出手了，我特意用高兴的语气说："听到季华的话了吗？他夸翔翔完全是事实，没有说假话。如果翔翔像对待季华一样对待别的小朋友，他身上会有更多的优点，对吗？"

"对——"

"继续说，翔翔还有什么优点？"开端好了，后面就没有悬念了。

果真，在大家的挖掘下，翔翔的优点一个又一个，恐怕他自己都不敢相信呢。

下课了，我刚走出教室，翔翔追出来："石老师，谢谢您！"

我笑着看他："小伙子，你太客气了！继续加油！"

他使劲点了点头。

6月13日　星期二　多云

家长更需要教育

因为读书群给孩子们计分的事情，我生气了！非常生气！

今早，几个家长找统计员妈妈，说给自己的孩子漏记分了。说归说，好好说呗，一个个似乎讨账一般，语气不善，责备之情溢于言表。

想好了晚上要好好教育教育这些"80后"的爸爸妈妈们，没想到下午又跳出来一个家长，居然和统计员要什么"记分文件"！纯粹是挑衅！

回到家吃过晚饭，我开始谋划语言。八点，我在群里发言。首先向所有人致歉，因为我没有及时答复；其次，再次申明记分原则，虽然这条原则已经运用了三个多月了，但是可以理解有些家长不清楚这个原则，正如总有不听讲的孩子，也总有不听讲的成人。

接着，我开始说记分工作的辛苦。这是我的重点之一。

"针对今天的讨论，我想解释一下记分这个工作，因为没干过的家长不知道其中的辛苦。张涵悦爸爸和王嘉荣爸爸很清楚。以前的都不说了。看看昨晚，最后一个孩子发言完已是十一点多，丁雪梅妈妈统计完是十一点半。十一点半的时候，家长们在做什么？何况每一个孩子的语音，统计员都要一个个倾听的，生怕漏掉一个。有些孩子声音小，还得反复听，这中间工作量有多大，你们想过吗？张涵悦爸爸统计完，王嘉荣爸爸接力了，接着就是丁雪梅妈妈接力。我们作为'白吃萝卜'的人，不但没有感激之情、感恩之心，还要如此挑剔，情理何在！

"这些为孩子们服务的家长，人家为什么要这么无私奉献？有服务费吗？有这个工夫，人家不会去陪陪自己的孩子吗？还不是拿大家的孩子当自己的孩子！"

接着，我运用心理学的沟通方式，不说"我很生气"，而是说"我受到了伤害"，以此来谈自己的情绪："起初建这个群，目的只有一个：让所有的孩子走上阅读这条路，养成终身学习的习惯。如果这么斤斤计较，我的意见有三个。一是大家都来感受一下这个工作，轮流记分；二是不再记分，自愿参与；三是取消此项活动，各自操心各自的孩子。

"这件事不仅伤害到统计员，伤害到每一位为孩子们服务的家长，也深深伤害到我这个老师！我辛辛苦苦搞起来的活动，竟与我的想法背道而驰，做这件事还有什么意义！"

最后，我狠狠掷出一句话："不如散了！"

为了好好教育这些"80后"，班主任按照我们提前商量好的，适时"火上浇油"，把家长们最近的一些表现逐一进行了数落。是该让他们好好反思反思、惭愧惭愧了。

群里的火药味越来越浓，有聪明的家长开始出来缓和气氛："石老师，王老师，消消气。为了我们大家的孩子，我们要维护好这个群。从我个人来看，我们有些家长给孩子付出的一切，值得我们感谢和学习。"

陆续有家长开始跟着说好话："石老师，王老师，消消气。老师们建这个群都是为了孩子们养成阅读的习惯，是件好事。孩子们的成长，大家都是有目共睹的，我们都是孩子们成长的见证者，我大力支持这个活动。同时，也谢谢记分的爸爸妈妈。因为工作原因，有时发孩子的语音发得很晚，给记分的爸爸妈妈带来了些不便，请谅解，在这里我表示感谢和歉意。"

……

指责统计员的那几个家长终于坐不住了，公开向我们、向统计员道歉："石老师，王老师，非常抱歉！因为今天的事伤害到二位老师及我们的统计员妈妈。感谢你们为我们的孩子无私付出。由于今天的事给大家带来了

伤害，请各位谅解。"

又有家长发红包了……

这些家长啊，实在是可笑又可气。一学期下来，深深感觉他们比孩子们难教育多了！也难怪，已经成型了啊！所谓"江山易改本性难移"，不正是这个理吗？

唉！什么时候他们才能合格啊！

6月14日　星期三　多云

你，可以走得很好

平平是我们班的特殊孩子——脑瘫儿。

这两天班主任请假了，副班主任一个人忙不过来，我就跟班跟得紧了一些。

今天数学老师外出培训，于是我连续上了第一节和第二节课。下课铃声一响，孩子们收拾桌面，出去参加大课间活动。值日生照例开始搞卫生。

正要出教室，哲哲忽然跑过来说："老师，小茹哭了。"我停下脚步，了解情况，处理当事人。处理完毕，出教室，上操场。刚走了两步，便看到了在楼道里扶墙而站的平平。

"平平，我们一起去上操。"不等他回应，我只顾拉着他的手往外走。我看似自顾自地往前走，其实通过拉着的手，我在竭力感受他身体的一摇一晃，也竭力配合着他行走的节奏。好不容易走到操场，我把他领到宽阔处，笑着说："好，现在自己走，从这头走到那头，再从那头走回来。没说停不许停啊！"

他点点头，一步一摇地走起来。做操的孩子们不时将目光投射到平平身上。起初平平有些不自然，后来走来走去，走了很多个来回，他渐渐地自然了，别的孩子也不再盯着他看。我不由得想起心理学的那句名言——"外面没有别人，只有你自己。"当我们不再理会别人的目光时，有什么事情不可以去做呢？很多时候，勇气是自己给予自己的。平平从来没有在这么多人面前自如地走过，别人活动时，他就悄悄待在教室里；上学、放学时，妈妈在旁边搀扶。"走路"这样简单的动作，于他而言也是一种奢望。

大课间三十分钟，平平也走了三十分钟。当他走了十几分钟的时候，我看到他满头大汗，忍不住劝说："累了吧？去教室里坐一会儿，今天就练到这儿。"没想到他说："不累。老师，以后上体育课的时候，我也可以出来在操场上走吗？"

"当然可以了！看你走得多好！天天这么练习，终有一天，你会和大家一样，也可以站在队列里做操的！"我坚定地说。

操做完了，他主动站到队伍后面，和孩子们一起向教室走去。

望着他的背影，我似乎看不出他和别的孩子有什么两样。但愿有一天，我能真切地看到这一幕。

6月15日　星期四　晴

写在100天的话

生命哪，并不是你活了多少日子，而是你记住了多少日子。要使你过的每一天都值得回忆。

——题记

100天了，对武际金校长的承诺，今天整整满100天了。我啊，总算是坚持下来了。

其实，按照当初武校长的规则——"连续两天超过晚上十点没有发出工作日记就算自动放弃"，那么，我应该是在第89天的时候就算是放弃了。那两天事情特别多，再加上身体也不舒服，等到日记写出来，已经十点过了。本不好意思再发出去，可转念一想，又不是参加什么比赛，虽然完成作业时已经超过了规定时间，但终归是写了，所以还是发出去吧。

此刻在写总结篇，脑海里不禁演电影似的，回想这100天。

起初的"每日一记"不费吹灰之力，因为每天都是激情满怀，每天的生活在我眼里都是崭新崭新的。那些日子，让我劳神的不是没内容写，而是要写的内容太多，我总是不能很干脆地从众多内容里挑选出最值得记录的写下来。

然而，一天天过去，随着激情渐渐退却，感觉可写的内容越来越少。最困难的要算是第60天以后的一段日子。周一到周五还好，因为毕竟学校生活天天有变化，只要心静下来，想写点什么并不难。难的是双休日啊！一方面，人进入了疲劳时段，身体迫切需要放松休息，下班回到家，实在不愿意坐在电脑前敲击键盘；另一方面，双休日陪陪父母，做做家务，约朋友逛逛街，时间总感觉不够用，实在没有空闲也没有心情做和工作有关的事情。再说了，日记毕竟要示人，不能太过随意，还是需要动一些脑筋的。所以，有好几个双休日，为了完成作业，我开始写读后感，写观后感，或是上网查资料、搜寻素材。写作的目的不再是为了记录生活、记录思考，仅仅只是为了一个简单而纯粹的目标——完成作业。有时候真的是想跺跺脚、咬咬牙不写了，干吗这么为难自己、逼迫自己？可是一想到2017年3月7日那天下午，在54中的会场里站起来的自己，一想到那个当着那么多人的面承诺"坚持100天写日记"的自己，一想到那个一个字、一个字说出"石冬梅"三个字的自己，我心虚了，惭愧了，于是重新鼓励自己："坚持就是胜利！""已经进入倒计时了，加油！"

就这样，一天一天，居然也走到了今天。虽然有些路段留下了我跌跌撞撞、连滚带爬的行走轨迹，但终究到达了终点（当然是暂时的）。

董卿说："从某种意义上来看，世间一切，都是遇见。"回想百天前的自己，看看此刻收获颇丰的自己，我百分之百感谢这次的遇见，感谢给我勇气的武际金校长，感谢给我鼓励的各位同仁，感谢没有放弃承诺的自己。

谢谢诸位！

6月16日　星期五　晴

感谢"待优生"

如何看待学困生？今天下午的教师大会上，我谈到了自己的观点——感谢这些学困生的出现！蓦地想起金志强老师赋予他们的名词——"待优生"，觉得尊重意味更强一些，所以采用，叫他们"待优生"。

为什么感谢？原因有二。

一是因为有了这些孩子，我们的教育才遇到困难，在接下来的分析问题、解决问题的过程中，我们提高了教育水平，懂得了教育艺术，成长了自己。设想一下，如果你教的班级中，所有的孩子都优秀，不需要你伤透脑筋教育思想品德、行为习惯，提高学科成绩，那你的经验从哪里来？你的成长从哪里来？先有病人才有医生，没有病人，要医生做什么？就等着失业吧！基于这一点，难道作为教师的我们不应该感谢这些迟开的花朵吗？

第二，回想自己近三十年的教育生涯，毕业之后和老师保持联系最多的是待优生，他们或声名显赫，或平凡如你我。岁月流逝，你曾经为他们付出的耐心、爱心、细心都刻在了他们的心里，他们将我们这些老师一直珍藏在心底，一旦有合适的机会就会表达给你，让你饱尝为人师的幸福与甜蜜。你说，应不应该感谢他们？

感谢这些孩子——待优生！

6月17日　星期六　晴

学科如何整合

上周连续听了两节美术课。从专业的角度讲，我的收获如下：学会了如何运用夸张和重组表现所看所想；学会了如何从大自然（动物、植物）的颜色中受到启发，美化我们的生活。

从一节课的角度讲，它给我如下启发：1. 如果包娜老师将《彩色的梦》和语文课整合，让语文老师根据孩子们的画教孩子们如何表达所思所想，写一篇习作《彩色的梦》，效果应该不错，孩子们也会兴致勃勃，不觉得习作是多么难的一件事。那么，孩子们学了一首歌，唱得开心，语文老师也可以抓住孩子的兴趣点，布置习作《我喜欢的一首歌》。以此类推，语文和体育、科学、思品（比如昨天我给二年级孩子上《夸夸我的小伙伴》）都可以整合。学科老师互相沟通后，可以彼此服务，给孩子们创造丰富多彩的校园生活。

李欣蔓老师这节课，可以和数学整合，比如我利用这些颜色布置了房间，那么房间有多大？里面准备放哪些形状的家具？这些家具可以怎么摆？

我所说的整合，不是一节课"这也有、那也有"的大杂烩，而是你做完你这一门学科的事情之后，我再做我的学科的事情。前面的老师给后面的老师做铺垫，后面的老师在前面老师的基础上进一步发展，让学生通过不同的角度（观察、思维、情感、表达等）产生持续的发展。二者的关系是既相互依存，又彼此独立，语文老师还是做语文老师的事儿，美术老师还是做美术老师的事儿。因为专业就是专业，无人能替。这样整合的目的就是在某一个点上，让学生更完整地全面发展，通过各学科老师的齐心协力，让孩子在"这一个点"上获得更完善的教育。同时，使各学科老师懂得我们是一个整体，需要及时沟通，互相搭台，共同发展。

越写越明了，灵光不断闪现，哈哈。

这种整合还应该和学校层面的活动结合起来。以《彩色的梦》为例，画了梦，写了梦，还可以举办演讲《我的梦》，开展课本剧《我的梦》，开展教师、家长"我的梦"系列活动。一学期不贪多，扎扎实实做好一两次活动即可。

有机会尝试尝试。

6月18日　星期天　晴

与孩子同行

不知不觉又到了学期末。回顾一学期的工作，有得有失，有苦有乐；有欢笑，有泪水。不管怎样，经历着，成长着，因此也幸福着。

这一学期，最难忘的是和二年级一班的孩子们在一起的时光。虽然副校长的行政事务本就繁杂，再承担一个班的语文教学工作，难免让我辛劳备至。但每天，只要一进教室，看到孩子们清澈的目光、红润的脸庞，我立刻精神焕发、心静如水。每一个四十分钟，什么烦事、杂事都暂时搁置一旁，只是一心一意和孩子们徜徉在语文的世界里。我们读着，说着，议着，讲着，笑着……课堂如诗，如歌。

一学期的相处，56 个孩子就像夜空中 56 颗闪亮的星星，指引我找寻更好的自己。真诚善良的东楷，机灵活泼的雅荣，皮肤白皙又文静似女孩的钟仁，犯错之后主动认错的静夜，热爱劳动的思雨，乐于助人的俊峰，"朗诵大王"思颖，"故事大王"虎豪，"小书法家"诗俊哲、桑胜新，身残志不残的安安……走近每一个孩子，就会发现一个完全不一样的童真世界，每个世界里都有着属于他们各自的喜怒哀乐。而我，一个 45 岁的成人，他们眼里的语文老师，心甘情愿成为这个童真世界里值得他们信任的人——一个忠实的倾听者，一个忠实的朋友。

相伴走来，看着，想着，感受着，记录着。这一学期，因为有他们，我连续写了 100 多天的工作日记，近 10 万字；因为有他们，每天的教育生活都是崭新的，再苦再累，我始终微笑；因为有他们，我感受到激情的存在，感受到 45 岁生命的年轻！

与孩子同行，就是与青春同行，就是与纯粹的世界同行。

6 月 19 日　星期一　晴转多云

一棵树

"一棵树"？呵呵，别奇怪，此"一棵树"非彼一棵树，乃本人的网名是也。

不记得具体是哪一年，应该是公元2000年以前的事了，有一次从《小学语文教师》的一篇文章中看到这样一句话："教育意味着一棵树摇动另一棵树，一朵云推动另一朵云，一个灵魂唤醒另一个灵魂。"不知道出自哪位名家里手，只觉得作者对教育做出如此诗意的解读令我喜欢之至，来不及多想，我就将这句话摘抄下来。2004年，家里购置了电脑，连接了网络，我申请了QQ。取网名的那一刻，"一棵树"跳进脑海，毫不犹豫地，我敲击键盘。从此，我便拥有了"一棵树"这样一个网名。

"我们都是大树上结的苹果。"这是2002届的一个孩子给我的留言。我教了他们整整六年。他们毕业后的那一年，我也从城关区安乐村小学调到了雁滩小学。距离远了，心更近了——分开的每一个教师节，我都会收到他们的祝福；过年了，他们会相约来给我拜年。相聚的时刻，我们总是一遍又一遍回忆着他们阳光童年中"那些年的那些事儿"——春天，我们一起去踏青；夏天，我们相约去游泳；秋天，每个公园都有我们秋游的身影；冬天到了，雪花飞舞的日子，也是我们最快乐的日子，滑雪、打雪仗、堆雪人；夏至，一年中白天最长的一天，清早六点，我们约好在黄河大桥上看日出；冬至，一年中白天最短的一天，我们早早放学，一起去欣赏落日的余晖……

现在，他们都已经走进社会，有了自己的事业，其中好几个孩子毅然选择做我的同行，理由是"也要做石老师那样的老师"。心虽不忍，但深感欣慰。

"一棵树虽是一棵，但为身后的花草阻挡了一切，那一刻你便不再是一棵树！"这是2011届的一个孩子给我的留言。她叫琪琪。一至三年级，琪琪是一个成绩优异、性格开朗的小姑娘。四年级第二学期开学不久，因为家庭暴力，琪琪的母亲离家出走。一直受母亲教育、呵护的琪琪无法适应母亲不在的生活，学习成绩急剧下降，整日郁郁寡欢。后来她的父母分分合合，母亲在琪琪的生活中忽来忽去，琪琪的情绪也时好时坏。

进入六年级后，有一次批阅日记时，她文字中一段写景的语句引起了我的注意："秋风终究还是来了，那片树叶终究抵不住它的威力，慢慢地，慢慢地与大树告别，迎接她的，是地面上一摊肮脏的臭水。还不如死了吧！"年仅11岁的女孩描绘了怎样一幅凄凉而恐怖的画面啊！我隐隐感觉到发生了什么。那天早上第三节是体育课，我特意将她留在教室。在攀谈中，我得知她的父母已彻底分开，妈妈去了北京，临走前告诉她，什么时候她考上大学，母女再团聚。说到"团聚"二字，她已是泪流满面。看着啜泣的孩子，我情不自禁地将她揽进怀里，用哽咽的声音轻轻地说："孩子，不怕。你不会孤单，在你的身后，不仅有65个兄弟姐妹，还有石老师。妈妈不在的日子，我们都会陪着你。"后来，我暗中安排班里的孩子们有意无意地陪伴她，同时帮助她解决生活中的一些小困难。我呢，则利用课间或放学后的时间，跟她聊天、交流，直至毕业。现在，她已是一名优秀的初二学生了。有空的时候，我们会在QQ相见，或交流，或仅仅为了彼此问候一声。

"石老师，虽然您和我们在一起的日子屈指可数，仅仅一个多学期，但您是我最难以忘却的恩师！"这是2012届的一个孩子给我的留言。是的，如她所言，我和他们只相处了七个多月，但这却是我们在书海里快乐畅游的一段美好时光——七个多月，全班平均每人读书11本。仅六年级第二学期的短短三个月时间，留言的这个孩子就读了25本书，共计360万字！2012年6月9号、10号是城关区2012届毕业生统一测试的时间，她的语文考出了97分的优异成绩！全班语文平均分85.6，合格率100%，优良率90%(按区教育局规定的标准核算)。最令我兴奋的是，一个一至五年级语文从未及格过，且分数一直在二三十分徘徊的学困生，竟然考出了78分的好成绩，对我和她本人来说，这无异于一个奇迹，一个由我和我的孩子们用关爱、用鼓励、用汗水共同创造的奇迹！

留言还有很多，记忆还有很多……

当然，记忆中不光有成功、快乐、感动，也有疲惫、沮丧、委屈和困苦。有意地，我采撷了那些美丽的镜头。不为别的，只为鼓励自己。

"教育意味着一棵树摇动另一棵树，一朵云推动另一朵云，一个灵魂唤醒另一个灵魂。"如今我已知道这句话出自德国哲学家、心理学家和教育家雅斯贝尔斯。每每品味这句话，我总会怀着对树的崇敬与向往问自己：我是在这样诗意的境界中从事教育工作吗？我的心灵具有树的扎实与深厚吗？我的生命也像一棵树那样生长在深厚的沃土之中吗？

愿为一棵树，孩子们心目中的那棵树，永远的一棵树。

6月20日　星期二　晴

还有两周就要期末考试了，从今天开始，我的教学进度为：全面开始复习。

我的记录也将暂时停歇。白天复习，晚上肯定要加班加点批阅各种复习试卷，确实顾不上了。

【补充说明】

如果当天思绪难平，写作欲望无法把控，随心、随性吧。

9月1日　星期六　秋雨绵绵

【事件背景：2018年5月14日，在城关区教育局"一体化"的办学

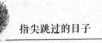
构想中，原城关区南山路小学成为"城关区平凉路小学南山分校"。本人于同年 6 月 20 日被任命为平凉路小学南山分校执行校长。自此，我的教育之路翻开了新的篇章，南山分校成为我教育之路的新征程。】

一栋楼　一生情

时光不老，那些年的脚印依然清晰；

时光不老，那些年的梦想依然在心。

谨以此文献给曾经和以后一直优秀的南山人。

——题记

2018 年 8 月 31 日，星期五。因为是周末，下午师生一起放学。老师们刚送完学生，突然接到教育局通知："今天必须清理完旧楼的所有物品，明天拆楼！"

我赶紧召集小伙子们返回校园搬家。到底是小伙子，哦，不，还有几个"女汉子"。他们个个既有力气，又有不怕脏、不怕累的革命精神。一番热火朝天的忙碌，不到八点就完成了任务。

在他们搬家的过程中，我一会儿是摄影师，一会儿是啦啦队长。还有那么一会儿，我情不自禁地驻足凝视眼前斑驳杂乱的景象，思绪万千：在这样一栋教学楼内，多少教师磨砺成长，多少教师光荣退休，多少学子蹒跚入学，多少学子在走过六年珍贵而难忘的童年生活后丰盈毕业？如今，她就要成为历史，成为多少南山人在记忆里、在老旧的照片中才能找到的存在。以后，当一个个刚入职的新教师走进南山校园的时候，有多少老教师会指着旧校区说："那里曾经有一栋单面教学楼；那里曾经是我们奋斗的阵地；那里有我们青春的身影；那里寒来暑往、春夏秋冬皆有故事……"

蓦然间，百味杂陈，感动、温暖、留恋、不舍……

今早起来，迫不及待想将此种情绪敲击成文字。此刻，听着窗外哗啦啦的雨声自作多情——老天也对我的心情感同身受吗？抑或老天与所有南山人心有灵犀，用这种特有的方式表达依恋与感谢，感谢那栋含辛茹苦、呕心沥血、鞠躬尽瘁、尽忠竭力、即将与我们永远告别的单面教学楼！

南山旧楼，向你致敬，深情地说一声："再见！"

南山新楼，热情欢迎，张开双臂拥抱你。

2018 年 9 月 1 日 8：56 分搁笔于陋室

【后记：此文写完后，我发至学校工作群，引来老师们的跟帖，摘录一二与大家共享。】

付彩虹老师：读着校长这段文字，我禁不住流下了泪水。虽然我只在这栋破旧的楼里工作了三年，却也对她有着深深的感情。多少次在她的怀抱里和孩子们嬉笑，多少次在她的怀抱里为了孩子们不听话而生气！她是我工作生涯开始的地方，是教育梦想开始的地方！今天早上正好来学校取东西，看到风雨里的她即将倒下，心里难受极了！她就像人的一生，完成了自己的使命然后悄然离去。但就如校长说的，她的身影永远留在无数南山人的记忆里！无论过去还是将来，南山人永远都是最棒的！

贺蕊梅老师：每一张照片都是有故事的。风雨苍茫，裹挟着历史的风尘一路走来，这座教学楼如同一位一直守候的老者，见证了学校的变迁发展，见证了南山人的成长与奉献。每一个从中走出的学子，不论成就大小，谁能说自己的身上不浸润着这座教学楼的风韵呢？铮铮风骨，唯"感情"二字最放不下。所幸的是，她目睹了新楼的崛起，也迎来了新一届小学生。因此，她放心地走了，她的沧桑与辉煌都在南山人心中，是永远的记忆！

张鹏老师：昨日，你默默为南山路学子遮风避雨。风雨相伴，恍若昨天，一回首已过 60 年。我们还不曾停留，细细端详你的模样，而你不知何时却已垂垂老矣！岁月的皱纹爬满了你沧桑的脸，伤痕累累，隐患重重。虽然你仍坚强挺立，但已英雄迟暮，有如西下的夕阳，虽洒尽余晖，仍将没去！今日，你无怨无悔如风中残烛。为了孩子们的安全，为了南山路小学教育事业的更好发展，只能忍痛与你告别。一声叹息中，你往日的雄姿将灰飞烟灭，化成一片废墟，让这秋雨中的心情徒增了几分伤感！今日，在你消逝的原址旁，一幢崭新的教学大楼已经拔地而起，在取代你的位置的同时，也将继承你的使命，一如既往地默默奉献，庇护学生。昨日，你的矗立，我们为你欢呼，为你骄傲！今日，你的结束，我们惋惜，我们不舍！明日，你的荣耀，我们铭记在心头，储存在照片中！别了，旧教学楼！你曾经承载了我们多少欢乐、多少梦想，如今你的离去又带走了多少美好的回忆和逝去的青春！过去，我们就这样无言走过，未曾停留，也未曾回头，总以为你会一直守候在那儿，来日方长。熟料，为了安全和更好的未来，你竟孤寂地离开，这一别成了永恒，徒留思念在心间！别了，旧教学楼！愿母校建设得更美好！待明日，旧貌换新颜，再踏新征途！

9 月 27 日　星期四　晴

无声的课堂也可以如此精彩

早上第一节课，照例去参加英语组的评课。

轮到俄亚妮老师评议宋文卿老师周二的公开课时，我才知道俄老师生病了——哮喘犯了，无法出声。作为老师，不能发出声音，教的又是英语学科，这怎么上课？我非常奇怪！

"不能说话，那你怎么上课？"我惊讶地问她。

"用手语。"坐在她身旁的张艳玲老师回答。俄老师一边听张老师解释，一边看着我点头。

"手语？"我更奇怪了！那孩子们怎么学会发音啊！这样的课堂质量能保证吗？于是我说："病了就好好休息，安心去医院好好治治。还年轻，别把身体不当回事。"

她用极其微小的声音说："慢性病不是一天两天能治好的。再说每个班每周就两节英语课，课程实在紧张，不敢耽误，而且请假休息也着急。"声音极小而沙哑，我能感受到她说话的艰难，但她的脸上却始终挂着甜甜的笑容。

"那孩子们看你这样，能遵守课堂纪律吗？"我依然担心地问。

"可以。她上课时我路过，看到班级纪律挺好的。"宋文卿老师说道。俄老师看看宋老师，又看看我，使劲点点头。

可敬的老师！可爱的孩子！我暗暗赞叹。

下午第一节课，我专程去二年级三班听俄老师的课。

活跃的课堂，激情的老师，丝毫看不出老师生病的迹象。孩子们也是一如往常，仿佛并不觉得老师不出声讲课有什么异常（我悄悄问了几个孩子，他们说前几节课就是这样上的）。整堂课，不管是教单词发音，还是教句型练习；不管是评价学生，还是指导四人小组合作学习，有序、有效。

不能发声奈我何！俄老师一遍遍示范口型，从第一排到最后一排，让学生仔细观察自己的口型，揣摩单词发音；广泛挖掘"小老师"，"小老师"的示范还真是事半功倍；课件也可以帮忙，听，屏幕中的小男孩、小女孩的发音多标准啊；沟通特别困难的时候，汉字也来帮忙，老师刷刷几笔在黑板上写出汉语，孩子们瞬间恍然大悟，师生间的默契在教室里的每个角落流淌；还有好办法呢，俄老师将体态语发挥到了极致，她的动作准确而夸张，孩子们看着，笑着，猜着，说着……

我惊呆了！居然还有如此的课堂；居然还有如此的"哑巴"英语老师；还有这一群如天使般的孩子们……

沉浸在如此课堂中，时间飞逝。当下课铃响起时，我才发觉自己已是满目含泪。

敬爱的老师，可爱的孩子，为你们点赞，为你们喝彩！

2018 年 11 月 9 日　星期五　晴

一位语文老师对数学课堂的建议

早上，宁卧庄学区的数学中心教研组活动在我们南山分校开展，参加人员除了学区各校的数学教师代表，还有城关区数学教研员胡彩霞老师、宁卧庄学区数学负责人梁义鹏校长。

听三节研讨课例，互动交流一节课的时间，时针就指向了中午。

梁义鹏校长让我作为承办方代表总结发言时，我表达了两层意思：一层是听课感受，一层是作为主场管理者的感谢之情。

首先谈了一上午的听课感受：1. 数学课堂要注重学生口头表达能力的培养。数学语言具有准确、抽象、简练和符号化等特点，数学语言的发展与数学思维的发展更是相辅相成、互为促进的。在教学过程中，无论是合作交流，还是展示探索的过程与结果，都需要教师关注学生使用一定的数学语言准确地表达，学生数学语言的表达能力将直接影响学生自主学习的效果。小学生有很强的想象力和表现欲，但不能完整地、通顺地把想到的和看到的表达出来。所以加强对学生数学语言表达能力的训练也是小学数学教学的重要内容和任务之一。在数学教学活动中，教师可以采取多种措施、多种形式，逐步加强小学生口语表达能力的培养。在数学课上，要加强学生"说"的训练，通过"说"增强学生学习兴趣，提高教学效果。要把"说的训练"看成一项教学任务，认真地完成，使之与学生发现数学问题、分析问题、解决问题、提高数学能力相辅相成。那么在数学教学中，该怎样培养学生的口头表达能力呢？我认为应从以下几个方面做起：一是概念教学要重视说出本质，让学生不但能说出定义、定理、公式、法则和性质的具体内容，更要说出概念关键词句。二是计算教学要重视说出算理，让学生说运算顺序、说多种算法以及优化的理由。对于计算中的错误，要让学生说出错误的原因，以及自己的看法。三是应用题教学要重视说出思路。2. 教师要关注课堂评价的有效性。评价的主要目的是为了全面了解学生学习的过程和结果，激励学生持续学习和改进教师教学。在课堂教学中，教师不能仅仅满足于"你真棒！""你真聪明！""太好了！"等等浮于表面的简单评价，要想让评价真正发挥甄别和激励的作用，就要实施多重性的评价，实现信息的多方位、多角度交流，从而充分调动不同层次学生学习的积极性，使学生体验成功，建立自信，促进学生主动而全面地发展。那么，可以采用哪些评价策略呢？可从以下几个方面尝试：一是评价时重视"评学"。评价学生在参与学习的过程中的学习方法运用、提出的问题质量、思维的活动等方面。对有创造性的、方法独特的应加以表扬，进一步提高学生学习的积极性，促进其更加有效地学习。二是评价要面向全体。教师不宜把目光停留在少数优等生身上，应该充分发挥评价的激励功能，帮助每一位学生正确认识自我，树立信心。尤其是对学困生，更要及时鼓励和肯定，帮助他们重拾学习数学的信心。三是评价应多样化，可以采用自评、互评、组评、师评等方式。四是评价应及时高效。及时评价对激励学生进步、调节教学导向起着很大作用。学生能从教师的及时评价中受到启发，明确下一步的努力方向，进而产生积极向上的情感和不断前进的动

力。

其次，我表达了作为主场管理者的感受。一是表达感谢之情。忠言逆耳，当下听到真话不容易，何况我们不是同一所学校，大家评课时难免有"何必说缺点得罪人"的顾虑，但刚才的评课，我们听到了开诚布公的建议。对每一个人来说，称赞、鼓励是成长的动力，中肯的建议更是成长必不可少的营养。对这些营养，每一个明智的老师会很珍惜。所以，非常感谢老师们对我校年轻老师的鼓励与建议。忠言虽然逆耳，但它后面还有三个字"利于行"，相信有了这样真实的教研活动，我们的年轻老师会成长得更快、更稳。为此，非常感谢大家。二是表达欢迎之情。基于上面的感谢，对今天大家的到来表示热烈的欢迎，期待我们这样的相聚还会有第二次、第三次……不管是多少次，南山分校全体教师都会热情欢迎诸位老师的到来！

带着心中的梦想，我们一起向未来出发，向目标前进。

12 月 27 日　星期四　晴

对校长工作的认识

从一名副校长到执行校长，短短半年的任职经历，让我对"校长"这个岗位有了不同于以往的认识，这种认识真实而清晰。半年来的忙碌、辛劳、焦虑，以及有时候身心疲惫的感觉，使我知道校长远没有别人眼中那么光鲜、那么荣耀，这个岗位赋予我们更多的是责任，是担当，是一份沉甸甸的信任和压力。因此，现在，此刻，我对拥有"校长"这个称呼的人，更多了一份敬重与佩服。

"一个好校长就是一所好学校""有什么样的校长就有什么样的学

校"，这已经是许多教育工作者的共识。那么如何胜任这一岗位？从许许多多优秀的校长身上，从这半年的亲身体验中，我觉得校长首先应该是一个引领者。这里的"引领"专指精神的引领。作为校长，心中要明确我们要办什么样的学校，我们要培养什么样的人。校长不仅自己要清楚这一点，还要引领全校师生都来思考这个问题。教师要思考"我应该成为什么样的老师？"学生要思考"我想成为什么样的学生？"这些问题的答案在很多优秀校长身上可以找到。正所谓身教重于言教，从这个意义上来说，校长就是校园里行走的精神符号，也是校园里行走的文化符号。他的三观，他的言行，他的思想，甚至他的爱好、穿着等，都是师生效仿的榜样，都在潜移默化地、润物无声地影响着每一位老师，每一个孩子。之所以有这样的作用，是因为教育本就是生命影响生命的过程，教育本就是生命与生命对话的过程。校长，无时无刻不在校园里发挥着引领作用。

美国企业家韦尔奇说："在你成为领导之前，成功只与自己的成长有关。当你成为领导之后，成功与别人的成长有关。"我认同这个观点，所以我认为校长还应该是一个成就者：成就老师，成就学生，成就家长。这就要求校长眼中要有人，能正确看待每个人的差异。不管是老师、学生还是家长，尊重、理解他们，包容、欣赏他们，给他们提供更多的展示舞台，帮助他们找到适合自己的发展方向，扬长避短，做更好的自己。当校长成就了教师和家长，教师和家长就会成就学生，而学生又反过来促进学校的发展。我想，这是每位校长都期望看到的美好校园生态！

一个校长，只有拥有成就他人的胸怀，才能清楚地知道自己的局限性和他人的无限可能性，才能在探索更为广阔的世界时明确人的发展方向及学校的未来走向，以终为始，推动学校的发展。

第三点，我认为校长还应该是一个服务者。管理的本质就是服务，这是校长要确立的基本的管理思想。校长要把老师的冷暖疾苦放在心上。说到这里，不得不夸夸我们平凉路总校的马校长。针对平凉路校区的老师们中午没地方吃饭、没地方休息等问题，马校长开办了食堂，在有限的房屋资源中腾出两间做教工宿舍。当教师的教育教学遇到困难时，学校会邀请专家面对面精心指导。当遇到老师的家人生病时，学校会安排食堂大师傅提前做好可口的饭菜，让老师一下课就可以及时送到医院。至于平常的慰问生病教师、退休教师，关注教职工身心健康等常规细节，更是做得春风拂面。

2018 年 8 月 23 日，南山校区搬入了新教学楼，马校长首先就提出解决老师们的午休问题，于是南山校区的老师们也有了自己的休息室。2018年 9 月，市教育局给了总校一个培训足球教练的名额。考虑到南山校区的足球教师更需要这个名额，马校长毫不犹豫地把这个难得的机会给了我们。一直以来，她就是这样一位校长，不仅将服务落实到教师的生活中，更将服务落实到教师的专业成长中。

管理教师，就是服务教师，就是要做教师的贴心人、暖心人，让教师每天都能保持愉悦的心情，高高兴兴地来，高高兴兴地回。

半年的实践，半年的思考，持续地努力，希望自己总能遇见那个更好的自己。

附录

　　石冬梅名师工作室共有成员25人，都是来自兰州市三县五区不同小学的优秀教师、年轻教师。在工作室座右铭"一个人走，可以走得更快；大家一起走，可以走得更远"的感召下，老师们携手前行，让生命一次又一次拔节成长。

寻找生活的色彩

兰州市城关区畅家巷小学　姬爱军

半百之年，我用全景镜头看生活。少年时期的色调是紫罗兰色的，期待和梦想融进清冽的色彩里。青年时期的色调是午后艳阳的颜色，追梦和浪漫编织在里面，揉成暖暖的记忆。中年的色彩更为丰富，所有的冷暖和幸福给予了它更多的内容。

观影滋味篇（一）

走进中年，我以一种全新的生活状态认真地过着每一天，让自己的每一天都色彩斑斓。就拿看一部电影来说，我会品读它的叙事能力和风格。去年很火的《中国机长》，让无数观众泪流满面，大家都为机长的尊重生命、尊重职业而激情澎湃。机长刘传健也一夜之间家喻户晓，成了众人的精神偶像。而我坐在安静的角落，一遍遍看机长真实的故事和相关的采访报道，认真解读这样的一个英雄人物，以及在危难面前，他所呈现的职业敏感度及睿智坚毅的精神高度。电影只是平铺直叙地叙述了中国航空史上的一个奇迹，我觉得未能真正展现机长的"非凡之举"。请允许我这样说，因为没有对比就没有伤害。我之所以这样说，是因为我看了同样是空难片的《萨力机长》。这两部电影我反复对比着看，反复寻找机长的感人点。同样的空难危机，同样的临危不惧，同样高超的驾驶技术，萨利机长的形象饱满度更高，生命力更永恒，剧情更拨动观众心弦，吊足了观众的胃口。这部影片重新定义了"英雄"的概念，这个"英雄"是舆论面前背负着沉重心理压力的普通人，是对众人的赞扬无所适从的邻家大叔。通过听证会上无数次的飞行器模拟实验，影片才向观众抽丝剥茧地展现出英雄机长平凡中的伟大，普通中的壮举。影片结尾"平凡尽责即是伟大"，将普通人只要尊重职业，踏实于工作岗位，都能成为英雄的主题表达得淋漓尽致。我们不得不承认美国创编人员的确是叙事高手。他们从平凡入手，寻找到了"伟大"的真正内涵，从邻家大叔的形象中寻找和观众情感的高度合拍。电影闪回和交叉叙事的手法更是达到了炉火纯青的地步。而《中国机长》显得线条单一，叙事单薄。真的，我们不缺好的剧本，而是缺少说好故事的技能。

很多人喜欢看欧美的电影和连续剧，大家可千万别抨击这种"崇洋媚外"，因为我们在寻找丢失很久的真实感和认同感。说说欧美的连续剧吧。就表演来看，演员未必美如仙子，他们就是一些普通人，要么身材略胖，要么容颜不够精致，或许脸上还有无数雀斑，或许于婴儿肥中带点傻气，甚至连化妆的痕迹都无处寻找，可这就是活生生的社会人。这些充满缺陷的演员形象正是观众喜欢的，也许他就是我们身边熟悉的人，我也是他们中的一员，他们正在上演我们拥有的生活和情感。的确，不完美的形象有时真的少了违和感，多了一份难得的亲近。就拿美剧《良医》中的墨菲来说，眼神中透出的呆滞，在嘈杂环境中崩溃的表演，让我们真实目睹了天才自闭症患者非同寻常的能力和自身难以弥补的缺陷。演员形象上的真实感和表演的真实性，无形中增加了观看时强烈的代入感。《使女的故事》里的琼·奥芙瑞德，身材丰腴，五官不够秀美，但在明暗色调的交替转化中，用眼神完美地塑造了社会制度改变前后人物内心的波澜起伏，这种情感具有排山倒海般的震撼力和号召力。该剧横扫艾美最重要的奖项，出色的表演也使演员荣获最佳女主角奖。再看国内影视剧，从剧本改编到制作周期等都没有很好地琢磨，多半速成，出现了"剧情不够，颜值来凑"的乱象。再看那些五官精致、完美妆容的演员参演的国产剧，真的少了生活的烟火味，显得高冷而脱离生活，总给人一种空洞的美。

再拿剧情来看，国产剧情很多已不是我们中年人所能欣赏的。要么是霸道总裁或精英人物，要么穿越到古代进行宫斗或角逐，要么是神力威猛的仙侠剧，要么是狗血剧情的"神剧"……虚幻到无力"吐槽"。就不能来点真实的老百姓生活吗？就连兰州的形象大使黄轩演出的《完美关系》，我追了几集以后也果断弃剧。本土情结也改变不了我弃剧的决心。靳东的口碑也在《精英律师》中打了大大的折扣。我想对国产剧说：摒弃浮躁和假精致，来点真实，不好吗？相反，有些欧美剧可不是速成的，一季需要拍摄一年光景，比如《冰与火》，的的确确具有工匠精神，场面宏大不说，处处精雕细刻，让人有望眼欲穿、一睹为快的迫切感。最近看的英剧《战火浮事》及德剧《巴比伦柏林》，剧情更是扣人心弦，欲罢不能。其中的战争和爱情，从柔弱到坚毅，正随着剧情的跌宕娓娓道来。《巴比伦柏林》是努力用一种举重若轻的态度讲故事的优秀德剧。大手笔的造城，重现了当时的柏林城。剧情的扑朔迷离，悬念井喷式地涌出，是德剧中难得一见的好剧，当然评分也很高。不英俊的男主角和化着烟熏妆的女主角，人物形象并不完美，也不高大，甚至缺陷"可圈可点"。男主角在战场中抛弃哥哥逃生，吸毒，还和自己的嫂子私通。女主角为生活所迫，白天做警员，晚上是高级妓女。就是这样的形象，观众并不讨厌，反而被他们身上的正能量所感染。剧情各种线索交叉推进。我们的目光追随男主角拉特调查父亲色情影片母盘的案件展开，引出暴露在荒野的一具具俄国人的尸体，这时政治和历史顺势进入了观众的视野，俄国革命与德国本土政治气氛成了重头戏。在影片中，我们看到的是德国柏林城暗流涌动下的人生百态，各种势力的蓄势待发，以及各种人物命运的交错，让人看得过瘾，充满期待。剧情呈现的厚重感就更不用多言了，男女主角的形象更是立体化、生活化。第二季，我们将闻到二战的烟火味。说到此时，我多么怀念国内 1984 年

版的《红楼梦》呀。我们不乏优秀的制作，三年的慢时光打磨出的是永远的经典作品，是永远无法退出屏幕的传奇。

人到中年，看电影带着一颗心，就能品到不同的滋味，就能不断地成长。

姬爱军：1991 年 7 月参加工作，本科学历，高级教师，兰州市骨干教师，兰州市优秀班主任，城关区名班主任。主持和参与多项省、市规划课题研究，撰写的数十篇论文刊登于国家、省市级刊物。"平凡、守望、爱心"，是她对教师工作的诠释和追寻。

缔造"小书虫"完美教室的那些事

兰州市城关区平凉路小学　陈亲辉

完美的教室首先是图书馆，是阅览室；是实践场，是探究室；是操作间，是展览室；是信息资源库，是教师的办公室；是习惯养成地，是人格成长室；是共同生活所，是生命栖居室。

——许新海

我非常喜欢著名儿童文学作家梅子涵的一句话——"童年是要阅读、要故事、要文学的。"在书的世界里，可以和李白一起望庐山瀑布，和巴金一起观海上日出，和冰心一起感悟人生，和戴望舒一起寻找雨巷中那结着愁怨的丁香般的姑娘……与书为友的过程，优雅而美丽。在静静的夜晚，沉浸于书中，是一件多么惬意的事啊！因此，为孩子们打造一间"小书虫"的完美教室，让孩子们在潜移默化中喜欢读书，与书为伴，与书为友，开阔视野，也成为我乐此不疲追求的目标。

我们一起走进"书海世界"

让班级成为孩子们的"书海小世界"，任何一处布置都会对他们产生潜移默化的影响。为此，我在班级环境的布置上尽可能地散发一种浓郁的书香气息。墙壁上精心设计并制作了班级栏。"小书虫"——我们班级的名称，"畅游书海世界"——我们的读书格言，"像蜜蜂一样快乐地采蜜"——我们的读书口号。在班级的一角开辟出属于孩子们的"读书一角"，各种书籍分类放置，为孩子们营造书香氛围。

我和孩子们一起分享读书体会，他们的读书笔记，我会在第一时间评价、点赞，及时把赞美的语言毫不吝啬地"奖"给孩子们。有时，他们的读后感只是只言片语，但我感觉到了他们正由"班级书香小世界"走向"书海大世界"。作为教师，我曾经有过多少个不眠之夜的欣赏与欣慰啊！

时间见证"书海世界"之路

要让学生感受到"书是甜的""书是香的"，关键在于要为学生提供课外阅读的时间和空间。为此，我给学生开辟了四条途径，以保证学生的阅读时间。一是晨读 10 分钟，美文积累；二是午读（中午到校时间）20 分钟经典诵读；三是班级每周进行"好书推荐""好书品读""话题思辨""创意写作"活动；四是（晚上）亲子共读 30 分。有了时间，多样的形式也必不可少——美文欣赏、经典诵读、配乐朗读、静思默读……用文学经典来充实孩子们的语言仓库，用绘本阅读、群文美读、经典品读来补充"营养"。

我自己常常绘声绘色地给学生读故事，精心挑选读物，引发阅读期待。在故事的世界里，教室里总是静静的，一双双眼睛看着我，凝神倾听着……有时微笑，有时睁大眼睛一脸惊奇，有时还会哈哈大笑……巧用故事悬念诱发阅读欲望。故事会结束时，我会戛然而止。孩子们会嚷着："讲下去、讲下去，听下去、听下去……"这种期待引导着孩子们走进书海世界，寻找书海世界里的"奇异珍珠"。就这样，慢慢地，有更多的孩子"寻书——看书——荐书"。

每天中午到校之后的 20 分钟是我们班固定的读书时间，目的是给孩子们一个自由阅读的时间和空间，让他们沐浴着午后温暖的阳光，捧一本好书，尽情地阅读。我当然也不例外。记得开学第一个月，我每天中午都坐在讲台上读书，这无疑给孩子们起到了榜样的作用。现在即使老师不在，他们也能各个读得津津有味。

鼓励晚间亲子共读。亲子共读是一项行之有效的读书方法，不仅增进了亲子关系，还培养了孩子良好的读书习惯。每天，我会对亲子共读的内容做出统一规定，父母和孩子不仅共读，还一起交流讨论，感悟书中的真谛。在读《小猪唏哩呼噜》时，一天早晨，怡宁一踏进教室就跟我说："陈老师，我觉得小猪唏哩呼噜太可爱了。"我问："为什么呢？""你看他每次吃饭的时候，从不挑食，不管是什么，吃起来都那么香。在别人需要帮助的时候，他总是毫不犹豫地冲上去，哪怕困难再大，他也从不害怕。老师，您不觉得他很可爱吗？"我摸着孩子的脑袋说："嗯，是很可爱。可我现在觉得你最可爱，将来也会更可爱。"孩子冲我开心地笑了。

因为读书，孩子们学会了观察，学会了分析，学会了借鉴。他们从书中自主获得了有益于自身发展的优秀素材。

择法有道漫游"书海世界"

"磨刀不误砍柴工"。为避免学生盲目阅读，我对学生的阅读方法进行了有效指导，以提高学生的阅读能力，同时引导学生对书籍进行辨别、选择、精读、泛读，并对各种文体、题材的文章进行专题辅导。首先是"该读哪些书"。我会定期召开"优秀图书推介会"，由老师和学生共同推荐，介绍一些优秀的课外读物，使学生读好书。其次是指导学生怎样读课外书。为了节省学生的阅读时间，扩大阅读量，将"泛读"与"精读"结合使用。泛读的目的主要是扩大阅读量，达到"厚积"的目的，浏览的成分居多，这类书包括小说、故事、诗歌以及科普知识等，让学生了解一些作家、历史和文学知识，积累大量的资料。对于一些优美的文章、精彩的片断，则提倡学生精读。

多彩活动浸润"书海世界"

凡是学生读过的书，我都一一认真阅读，然后利用阅读课和学生进行主题讨论。这样不但可以检验学生读书的效果，还可以让学生在交流中分享阅读的乐趣。如在读完《小猪唏哩呼噜》后，我们便进行了"什么样的伙伴你最喜欢"的讨论；读完了《鲁滨逊漂流记》，引导学生用人物气泡图分析人物形象、绘制漂流地图梳理情节、开展辩论会，让学生探讨鲁滨逊28年的荒岛生活是否值得……通过共读一本书，通过有趣的话题讨论，孩子们越来越喜欢读书了。小小的班级读书会怎么能够满足孩子们的胃口？于是我又带他们参加全国百班千人读书活动，读《驯鹿苔原》《谁把时间弄停了》等等，孩子们进行故事猜想、封面猜想、创意写作等活动，在阅读中享受快乐。

读书已经成为我们"小书虫"班孩子们的习惯和乐趣！淡淡的书香在教室的每一个角落飘溢，孩子们背起快乐上学，享受书香童年。我努力缔造着属于我和我的孩子们的完美教室，引领阅读文化；我期待着书海中走出奇迹；我期盼着阅读幸福一生，让我的孩子们向书海更深处漫溯……

陈亲辉：1998年7月参加工作，本科学历，高级教师，兰州市骨干教师，兰州市优秀班主任，兰州市优秀教师，兰州市骨干班主任，城关区名班主任，城关区优秀教师，城关区教学新秀，城关区"最美教师"。多次参加各级各类教学比赛，获得一、二等奖。主持和参与多项省、市规划课题和个人小课题的研究，撰写的十余篇论文刊登于国家、省市级刊物。她坚信：爱是打开孩子心灵的钥匙，没有爱就没有教育。

小豆豆和大人们

城关区平凉路小学南山分校　单芳

浅粉色封面正中间画着一个抱着手臂的神气小女孩儿。在单位的图书馆徜徉了半天，我竟然被这样少女感十足的书吸引住了。看似不经意的几笔、几个色块勾勒出的女孩，却一直在我的心里蹦蹦跳跳着。以至于，在书店里发现《窗边的小豆豆》有绘本版的时候，我雀跃着要把它送给我的女儿，让她也能拉着我和小豆豆的手，一起坐坐车厢教室，一起在粪堆里帮豆豆找钱包，哈哈哈。那时，宝贝在吃饭时还会好奇地问我："妈妈，这是小豆豆吃的山的味道吗？我们家怎么没有海的味道？"

而每每看着绘本里的巴学园，我又穿过长出来的门，顺着九品佛绿道去拜访在田里干活的旱田老师。可惜我女儿没拿过锄头。虽然我也没用过，但还能猜到拿着锄头是什么感觉。念中学时，学校砖墙后有一块荒地。突然有一天，班主任让我们全班去借铁锹，准备"开荒"。哪里干过这样的活呀！我让老爸培训了一晚上，第二天就上阵了。面对着齐腰高的杂草，同学们真像是找到了奇珍异宝，挖吧，可劲儿挖。连续干了几个下午，起泡的手，磨破的鞋子，换来的是一个崭新的停车场。从那以后，停自行车怎么那么快乐呢？难怪小豆豆会喜欢旱田老师。旱田老师教会了小豆豆另一种快乐。

小豆豆黑柳彻子心中顶好的学校是巴学园。而我心中最有趣的学校是任职的第一所农村学校。能想到吗？教育局局长来视察时，孩子们送给老师的瓜（没长大的白兰瓜，可以当黄瓜来做菜或生吃）会咕噜咕噜地从讲桌桌兜里逃出来。如果你和局长一起来，幸运的话，会迎面碰到一个毫无防备的老师，她的袖子和脸上都有煤灰，正一脸懵地望着你们。也许从窖里打水时，你会闪了腰，或闪了舌头。

所以嘛！我的巴学园，一定会有逃走的瓜，懵了的局长和老师。还会有什么呢？还有那些不看投影仪学写作文的学生。但凡见过逃走的瓜和"煤灰老师"，他们的文章一定超有趣，就像这本来就有趣的世界。可惜现在，我很少看到让人会心一笑的小学生作文了。哪怕是写最亲近的父母，也是千篇一律：妈妈背我去医院，爸爸下雨来送伞……

记得在任职的第二所城市学校，我曾经教过一篇人教版三年级的课文《路旁的橡树》。课文讲述了筑路工人们为了保护一棵橡树，经过精心设计，在不改变筑路计划的前提下，使公路在橡树边拐了一个马蹄形的弯。当时的课堂上，孩子们会回答出标准答案：爱护环境，保护地球。我以为这篇课文他们真的读懂了，直到两年后我才知道他们并没有。

由于学校位于山脚下，为了安全，需要和前面的单位互换新建。偏偏学校的一排白杨树挡住了搬迁的步伐。它们有三四层楼高，虽然一个人也能抱住，但娇小的女老师还是合不拢手。风儿哪怕只有一点，也能和它们合唱出沙沙之歌。孩子们做着题，我会眺望树那边。它们好似知道，逗着我，身体挺得更直了，脑袋倒是左摇右晃地互相遮挡着，不让我看。其实幸好挡着，我想，树的后面也许是更多的树，也许是一片森林，而不是马路、居民楼。正因为有了它们，学校才是学校，才有自己的一片天地。这一排杨树和教学楼后山下的一片丁香、迎春，使得校园和其他的城市学校不一样了。可惜，它们得为工程车腾出一条路。电锯的声音每天嗡嗡呜呜地响着，一下课，孩子们就趴在栏杆上望着树议论纷纷。我侧耳听到的多半是"噢噢噢，倒了，你看！哈哈！""怎么锯开的？"嘴巴里、眼睛里都是兴奋、惊喜。也就两年，路旁的橡树仿佛从未进入他们的脑瓜。树真够壮，足足花了一个月，孩子们目睹的乐趣才消退了。灰色、砖红色、土黄色的路啊、地啊、楼啊，取代了绿莹莹、白亮亮、睁着眼的白杨树。在我的提醒下，他们才发现橡树和学校的白杨树有不同的命运。

小豆豆幸运地碰到了妈妈和小林校长。小林校长尽自己最大的努力，让长出来的门把不喜欢小豆豆的老师、社会挡在了外边；把油菜花田、有天狗脚印的石头、流星坠落的井、旱田老师、残疾的高桥君留在了小豆豆身旁。可惜了我的学生们，他们接触到的真善美只在课本里、文字里。即便身边有，也因为大人们的"说一套，做一套"而忽视了。我自责没有像小林校长那样善于引导孩子。即使不能阻止白杨树的消失，最起码也让孩子们写下悼念白杨树的文章吧。我的一排白杨树倒了，我却未曾有勇气和能力带孩子们真正读懂《路边的橡树》，让他们成为像小豆豆一样的孩子。

二战摧毁了巴学园，小林先生站在大路上，静静地看着巴学园燃烧。他一边看着火焰，一边对站在身边的大儿子说："哦，下一次我们办一个什么样的学校呢？"小林校长再办的学校，一定是孩子们需要的巴学园。那里是不是要有铁锹、锄头？要有逃走的瓜？要有小林校长、旱田老师？要有一起爬树、游泳的残疾孩子？更要有保护橡树的大人、保护巴学园的大人。在我们感慨现在的孩子怎么如此"熊"的时候，好像并没有想到，造就"熊孩子"的正是我们这些表里不一的大人，一面要求孩子们活泼、可爱、懂事，一面却麻木地做着损人利己的事情。

黑柳彻子在小林校长的教育理念下成了小豆豆。那个神气的小女孩用文章继续传播着小林校长的理念，影响着更多的人。我们这群大人，有义务实现书里的真善美，让孩子们看到身边的真善美，把文字描述变成真实存在。

碎了的爱

我教的第一群孩子生活在兰州郊区的一个山沟里。

8月份,我去沟里的小学报道,太阳还是毒辣辣的。一条窄路和周围的山、稀疏的树,明晃晃地站在我眼前。走到嗓子冒烟,形象全无,才知道可以搭乘卖瓜回来的三马子去学校。于是招手拦了一辆,蹲在三马子的车斗里,"突突突突"地向学校前进。

刚进校时,学生拖着大鼻涕好奇地看着我,而我则像一位大将军傲视着小兵们,心里豪情万丈:我要为祖国培养人才,燃烧自己,照亮他们!

心热起来了,做事也就干劲十足。早上赶学生进班,秋末时用不娴熟的生火技艺生起班里的火炉。下了课忙不迭地抡起大锤头砸墙角的煤块,否则下节课炉里的火就灭了。一次局长视察,来到我们班,盯着我愣了一会儿!能不吃惊吗?衣服、脸上都是煤渣,黑乎乎的。第四节课,有时候轮到我带学前班的孩子,那可是做午饭的好机会,一边备菜,一边看着学前班的8个孩子在操场上玩。下午上完课,留一两个孩子辅导功课……忙忙碌碌到晚上倒头就睡。第二天偷空,联合其他老师对敢偷吃我们口粮的老鼠下狠招,有几个洞就用水泥封几个洞。周五下午4点半,终于可以回家了,没有三马子也得回,走两个小时出沟,再搭一个小时公交车。周日回校,该我买菜时,就一麻袋拖上公交车,一周的食物搞定。

可笑的是,不到一年,这份热情就被击得粉碎。先是一个家长奶奶来找茬。那天轮到我准备住校老师的午饭。正切着豆皮,抬头便看见一个老太太怒气冲冲地穿过操场走来。我迎着她走去,还没开口,她就指着我的鼻子,喷着唾沫吼道:"是不是你让别的孩子在坡上用土块砸我孙女?你说她脏,不讲卫生,别的娃都骂她是猪。"那时我争辩了几句,脑中便一片空白。她是怎样被其他教师劝走的，我一概不知，充斥全身的只有羞耻。一波未平一波又起。一位不写作业、被我批评过的孩子的爷爷将我告到了校长那里。

呵，每周回一次家，没有在农村生活过的我学会了给孩子们在教室里生炉子；晚上睡觉时与老鼠同床共枕；找课件资源，要请求村里的熟人用摩托车把我带到网吧，下载好资料再连夜回到学校……这一切的付出换来的却是喷着唾沫的指责。失望、心痛啊，心痛得拧着松不开。真巴望离开这里呀！

扛了快四年，我调入了现在的学校。也许29岁初为人母，对待新接手的二年级孩子，我爱心泛滥，所以多了一些苦口婆心的劝告，少了一些训斥。平时也被他们骗过，也被家长们纠缠过，却从没有失望。

日子一天天过着，到了五年级。两节课后，班长突然急匆匆地来到办公室："老师，甘××晕倒了。"我夺门而出，冲进班里。学生都围在后墙处，我拨开他们，看见甘××嘴唇惨白，手扶着脑袋躺在地上。我用尽力气也抬不起这个大男孩儿，只能扶着他的头。这边是睁着眼不会讲话的甘××，那边几个孩子不住地道歉："老师，我们错了。我们再不玩窒息游戏了。"闻讯赶来的学校领导二话不说打了120……

看着担架上的孩子，我的心像被一只手揪着，又闷又疼。脸煞白煞白的甘××终于开口说话了："老师，我怕。""乖，不怕。你妈一会儿就来，医生全都能解决，乖哦。"当担架消失在楼梯拐角时，我的眼泪唰的一下涌了出来，趴在一位老师的肩上抽泣。这不是被当时的场面吓到了，而是因为躺在担架上的是一个孩子，一个我教了三年的孩子，一个朝夕相处了三年的孩子。

事后，我突然发现，沟里的孩子从来没得到过我这样的泪水、这样的爱。当年，他们只是我的教育对象。我只恨当初没有心疼过被人砸到的王蓉，没有钻研过如何指导爸妈不在身边、不会写作业的孩子。思绪万千，想看看沟里孩子们的小脸。翻开 QQ 相册，竟没有存下一张他们的照片。我们再没有联系了，我的心屏蔽了他们三年，这是我终身最遗憾的事情，是我心中永远的痛。

　　春去秋来，我接手的二年级的那帮孩子已经毕业了。我以为与他们的缘也就尽了，没想到 2018 年 9 月初，我们再续了那份缘。当天，我照常组织班级放学，到了校门口，余光扫到一张熟悉的面孔，侧过脸看，不对，是好几个！他们傻乎乎地笑着，用手指了指对面，我向右看去，又是七八个已经毕业的孩子。太阳热烘烘地照着，他们每一个都明晃晃地站在我面前。班长先开口："单老师，我们来了。"紧接着，其他孩子七嘴八舌地争着说话，五年级时转走的何一凡也在其中，给我手里硬塞了一个漂亮的笔记本。我好幸福呀！身为教师，最大的欣慰也就在于此吧！

　　当时他们说我变得太凶了，不像以前那个温柔的老师了。那是因为我不想甘 ×× 的事再次发生，我不想孩子们在我的宠溺下再次受伤。从刚上班，到第二届孩子毕业，九个年头过去了，我变成了面硬心软的"两面派"。初上班时，凭着一股子新奇感，我自以为是地教孩子，伤了家长、伤了孩子还不自知。渐渐懂得爱学生时，我又太过慈悲、放纵，给孩子带来了身体上的伤害。到了现在，爱得有分寸、爱得准确成了我这个"两面派"的工作方向。工作已经十三年了，虽然不是很长，但也不算新教师了。桃李满园尚早，但之前成熟的一颗颗小桃子，已经帮助我学会爱学生了。

　　面对现在教的这些孩子，沟里的娃娃们一张张模糊的脸渐渐变得清晰。我不再回避他们的名字：懂礼貌的陈志成、小邂逅王蓉、调皮鬼陈俊成、乖巧的陈月如、不会写作业但很温柔的陈嘉仪……那碎了一地的玻璃碴子，不再扎得心痛，而是像水晶一样散发着美丽的光芒。孩子们教会我——爱不是自以为是，爱是真心相待。

作为新班主任，作为新教师，第一波孩子难免成为试验田。但即便是试验田，只要我们为师者用爱去浇灌，试验田也会获得丰收，对吗？

有一篇课文叫《将心比心》，当老师的要用这个词提醒自己。别伤了家长的心，别伤了孩子的心，要对得起自己的心。

单芳：2006年8月参加工作，本科学历，一级教师，城关区优秀教师。参与多项省、市规划课题研究，并获得过创新杯说课一等奖、习作教学一等奖等多个奖项。她将"努力，研究，创新"作为自己的奋斗目标。

返　璞

兰州理工大学附属中学　　贾蕙榕

　　七年的从教经历不算长也不算短，在小循环的体制里，我也迎来了自己的第三届学生。突然发现，老师就像大树一样，一届一年轮，多少酸甜苦辣自然长于木，刻于心。可最为难忘的一段教育经历，却是离开了亮堂堂的教室和现代化的教学设备，回归最原始的状态。与其说是在给孩子们上课，不如说是自己的淬炼，是那一颗颗带着乡土的真心带给我的震撼。在那个静谧的小山村，给孩子带去温情的同时也让我那在物欲横流的社会中变得浮躁的灵魂慢慢沉淀。

　　再回忆时，恍然如梦。

　　又回到了 2013 年岷县震后。虽然是震后，每天清晨的阳光依旧以最灿烂的姿态洒落山野间。我睡在帐篷里，一不小心就会压塌行军床。天蒙蒙亮，就有孩子偷偷掀开帐篷的帘子，笑话我们还没有起床。偶尔被村干部那听不懂的方言广播吵醒，孩子们"老师、老师"的喊声响彻耳边。

　　从到村里的帐篷学校再到离开，似乎都是一些连不起来的记忆片段，再多的词汇也织不起完整的七天。那是孩子们期待的眼神；是村民们一看到我们标志性的黄衣服、红帽子就露出的感恩的笑；是上课时，他们从怯懦到积极、活跃；是去外面一起游戏时，他们的放松与快乐；是那些村民看我们不在帐篷的时候提来的热水、放下的苹果和煮熟的豆角；是那个微黑的夜晚，我们从外面回来，发现帐篷的桌子上、凳子上都放着盛开的野花（孩子们总是摘来各种各样的花插在我们的头上，我们女孩子当然是含羞而又幸福地笑，同来的男孩子只能羡慕嫉妒恨地说，岷县的花都要被我们浪费完了）；是那个从第一天见我就一直重复着说"老师不走"的女孩子；是那个知道我们第二天要走就哭着说恨我们，要拿绳子把我们绑住不让走的男孩子（有的时候我甚至不敢面对孩子们，因为他们说："姐姐你可不可以不走。"我自己知道却又无法告诉他们，我们的到来也意味着离开）；是余震那天，孩子们跑来抱住我们说："老师，吓死我们了。"还有那个被地震吓坏，哭着闹着连帐篷都不进，只待在外面的小孩子……下暴雨那天，五分钟帐篷前就成了小河，全村都停电了，还有孩子跑来帐篷找我们，我们只能板着脸赶他们回去，雨打在帐篷顶，说话都要靠喊才能听清。在手电筒微弱的灯光下，我把孩子送我们的花小心地做成书签……

太多了……开心的、温暖的、幸福的、温暖的、感动的、满足的、难忘的、怀念的、说不清的……

其实论教育，我没有带给他们系统的知识，没有培养起他们良好的学习习惯，我甚至都没有给他们上过一节准备充分的课。一个简单的手指游戏，记忆中学生们比较喜欢的一篇课文，喊着拍子教他们做眼保健操，都带给他们莫大的喜悦，仿佛打开了一个新的世界。那样知足的笑容刺痛了我的心。教育的不均衡是我们无力改变的客观现实，只希望这一块块小璞玉能早日有一片新天地。

离开的时候选择了一个清晨，只为了躲开孩子们的眼泪。或许是残忍的，连送我们的机会都不给他们。走在那条我们并不熟悉的山路上，一步三回头，听到追上来的孩子喊我们的声音，我们不知道是该笑还是该哭，心里是拒绝还是期待。拥抱，嘱咐他们要听话，然后催他们回去，笑着挥手离开。走了几步还是忍不住回头，孩子依然站在那里看着我们。我已看不清他们的表情。真想说声对不起，孩子，我给你们的时间只有这么几天，但是我相信，你们会依旧阳光、快乐地成长。分别是为了更好的相聚，不是吗？再看看我们只生活了几天的地方，山依旧翠绿，云雾缭绕、朝阳辉映，在这里的每一天，我也曾烦躁和无聊过，可是在每个满天繁星、只闻狗吠的夜里，心却如此安宁、踏实。这种安宁和踏实来自于孩子们毫无保留的回馈。比起钢筋水泥间，学生们对老师的挑剔，家长对学校教育的不信任，这种真、这种信难能可贵。

时至今日，我还能想起孩子们在阳光下用方言不停地重复着那句"我家住在大海边，天蓝蓝，海蓝蓝，我家住在大海边……"时，那肆无忌惮的纯真笑容。

那么，让我向这些孩子们学习，像他们一样真、一样纯，像他们对待我一样，对待我现在的、将来的所有学生。选择成为老师，其实更是选择了一种人生。因为付出，所以充实；因为信念，所以坚定……

贾蕙榕：2012 年 7 月参加工作，本科学历，一级教师，曾多次获得校级少先队优秀辅导员称号，校级青年教师技能大赛一、二等奖，片区教育叙事演讲活动三等奖，兰州市教育叙事征文二等奖等。正在参与两个省级规划课题。因为热爱所以坚守，因为坚守所以前行，享受与孩子们在一起的每一天。

做一个充满童心、幸福的班主任

城关区大砂坪小学　　　向蓉

作为一名班主任，我相信每个孩子都是一粒种子，我愿把自己的爱化作一缕阳光、一眼甘泉、一片沃土，让每粒种子蓬勃生长。

——题记

从事教育行业没有几年，相对于其他老教师来说，我就像一个初出茅庐的小孩，还有很多值得我去学习。三尺讲台，站上去容易，要站好，难！每天围着孩子们打转，他们构成了我生活的点滴。

做幸福的孩子王

常听老师们说："当老师真累，当班主任更累。"回首这六年多的班主任工作，我深刻体会到当一名小学班主任的辛苦，但这其中也有甘甜。

记得刚上班时，接手班主任工作，忙得我晕头转向。工作细致琐碎，每天围着孩子们转，成了名副其实的"孩子王"，让当时还未成家的我提前体验到了做妈妈的辛苦与快乐。那是一群一年级的小朋友，他们不会扫地，不会整理书包，不会系鞋带，不会戴红领巾，于是，我手把手地教他们；下课了，这些小家伙们一个个围住我告状：谁又把谁打了，谁又拿谁的东西了……我每天不但要当老师，还要做法官。学生每天的学习，我们要关心；班级的纪律，我们要费心；班级的卫生也要操心，一天下来筋疲力尽。通过一年的教育管理，现在孩子们渐渐长大了，也懂事了，乖了。我每天踏入学校的大门，总会有几个在操场上玩耍的孩子脸上洋溢着笑容，欢快地跑过来和我打招呼："向老师好！向老师好！""你们好。"我回应着他们的问候，拉起他们稚嫩的小手，一起走进教学楼。这是我美好一天的开始。

清楚地记得，有一次，班级的多媒体投影仪有些歪斜，我颤颤巍巍地踩着摞在桌子上的板凳去调整，班里的一群孩子立马围上来，有的帮我扶着桌子，有的牢牢抓紧我的板凳，还有的扶着我的脚腕，像要把我固定在凳子上似的，还有几个可爱的孩子把小手伸向我："向老师，抓住我的手，小心一点。"那一刻，我感觉自己不再是他们的老师，他们更像我坚强的后盾！还记得有一次，在一节"感恩父母"的主题班会讨论环节，气氛活跃，同学们踊跃发言，争先恐后地发表自己的观点，一个小家伙站起来对着我喊了声"妈妈"，我意外地瞪大眼睛笑着问："你刚才叫我什么？""呃，呃，向老师，不好意思，叫错了，我是说你就像我的妈妈。"听了孩子的话，我的心里暖暖的。

做充满童心的班主任

"一闪一闪亮晶晶，满天都是小星星，挂在天空放光明，好像许多小眼睛……"可以说每个孩子在童年时都听过或唱过这首歌，也许每个孩子在唱起这首歌时，都幻想过有一天自己能在浩瀚的夜空找到属于自己的位置，做一颗独一无二的小星星，放射出属于自己的独特光辉！

我这样教育我的学生，就是要让自信的阳光照亮他们的心头。苏霍姆林斯基说过，"没有不想成为好孩子的儿童。从学生来校的第一天起，教师就应该善于发现并不断巩固和发展他身上所有的好的东西"。我认为教育的使命就是要呵护孩子的这种愿望，让他们对什么都感到好奇，对什么都充满信心。孩子的童心是梦想的守护神，是纯洁的，也是脆弱的，它需要我们教育工作者时刻做到"小心轻放"。我希望可以使学生从小就感受到人性的美好。

记得看过这样一个关于梦想的小故事：一个小男孩把葡萄籽埋在一个花盆里。人家告诉他，葡萄要用葡萄藤插栽，籽是种不出来的。男孩说，自己就是想创造奇迹，于是天天观察籽有没有发芽。他的爸爸叫他去买酱油，可连叫几声，他都没听见。爸爸一生气就打了他，还把花盆摔碎了，男孩哭了。有一天，男孩见一个女孩也在种葡萄，就告诉她，籽是种不出来的。女孩说自己想创造奇迹。几天后，女孩的花盆里居然长出葡萄藤来，她开心极了。可是那个男孩却哭了，因为他看见，那棵藤是女孩的父亲偷偷栽进去的。故事里的两位父亲扮演了两种不同类型的教育者，前者用成人世界功利、世故的心态去衡量孩子天真的想法，并残忍地毁灭了孩子创造奇迹的梦想；后者却用童心去感知孩子的梦想，并因势利导，呵护了一颗纯洁无瑕的童心。联系自身，我要做第二个父亲那样的教育者，做一个充满童心的梦想的守护神！

每个孩子都是一颗花的种子

前几天在微信上看到了这样一首小诗：每个孩子都是一颗花的种子，只不过花期不同。有的花，一开始就灿烂绽放；有的花，需要漫长等待。不要看着别人怒放了，自己的那颗种子还没动静就着急，相信是花都有花期。细心地呵护自己的花，慢慢地看着他长大，陪着他沐浴阳光风雨，这何尝不是一种幸福？相信孩子！静等花开！也许你的种子永远不会开花……因为他是一棵参天大树！

我们班的曾佳俊同学经常不完成作业，上课也不听讲，总是在自娱自乐。为了激发他的学习兴趣，提高他的学习成绩，我也想了很多办法，例如让他和全班表现最好的孩子坐在一起，不断鼓励他、表扬他，上课多关注他，考试前单独把他叫到办公室来辅导。去年的"走进家庭"家访活动，我专门去了他的家，找他父母谈话。他的家长在菜市场开了一家麻辣烫店，生意红火，无暇顾及孩子，孩子放学后便到菜市场与小伙伴们玩耍。我跟他的父母谈了很多，之后他的表现好了一阵子，然后又恢复了老样子。这次期中考试，他的成绩很不理想，但我也发现他有优点，有礼貌、爱劳动。每次放学，到校门口后，他总不忘说一句"老师再见"。上周新教师培训，我中午坐8路车回家，下了车，曾佳俊看到了我，隔着马路朝我不停地招手，喊着："向老师好！"每次轮到他搞值日，总是高高兴兴地把教室打扫得很干净。

作为班主任，面对这样的学生，该怎么做呢？是批评不离口，压服学生？还是坚持表扬，以情和爱唤醒他们，促其转变呢？我觉得，后者肯定是行之有效的。要想使班主任工作获得成效，对孩子们的理解显得尤为重要，要动之以情，晓之以理，给他们温暖和耐心的疏导。

苏霍姆林斯基曾说："一个好教师意味着什么？首先意味着他热爱孩子，感到跟孩子交往是一种乐趣，相信每个孩子都能成为一个好人，善于跟他们交朋友，关心孩子的快乐和悲伤，了解学生的心灵，时刻都不忘记自己也曾是个孩子。"大爱无痕，润物细无声。教育无处不在，老师的一个微笑，一个和蔼的眼神，一个爱抚的动作，一句关心的话语，都会给学生带来欢乐，带来智慧。我为学生、为事业不懈地努力着。

向蓉：小学二级教师，本科学历，中共党员。教风生动活泼，扎实有效，关注学生兴趣的引导，聚焦学生能力的培养。用心经营着教育，用爱温暖着童心，引领孩子沐浴阳光，引导孩子浸润书香。兰州市教学新秀，发表论文数篇，获得市级个人课题二等奖，"一师一优课"一等奖，多次被评为学校优秀教师、优秀班主任、优秀中队辅导员。

为了更好地遇见你

兰州市七里河区龚家湾第一小学　许　伟

自从接受了去送教的重任之后，我就陷入无形的压力之中。随意打开李镇西的《做最好的老师》，漫无目的地浏览起来，"每一只青蛙都有做蝌蚪的时候，每一个苹果都青涩过……"我似乎有所感悟，为何不把自己当成一只蝌蚪、一个青苹果呢？这次就权当是一次尝试。我立刻行动起来。

经过再三斟酌，我决定要展示的是六年级上册的《月光曲》。在这篇课文教学目标的定制上，我考虑了很久，一遍一遍地读着文本，脑子里出现许多种想法，一次次被否定，又一次次重新开始。在思绪的升腾与跌宕中，灵感就这样悄无声息地出现了……

"皮鞋匠静静地听着，他仿佛看见了大海……"我也来听一听，我仿佛看见了什么？我静静地听着，仿佛看见群马疾驰，仿佛看见清风拂过树林……对，为什么不将这段文字作为我的教学目标呢？皮鞋匠听着，他仿佛看见的是月光照耀下的大海，这是皮鞋匠脑海中的具体形象，我相信孩子们稚嫩的心里肯定会有同样丰富的具体形象。这篇课文的教学重点是学习联想的写法，我作为一堂课的引导者，应把他们的关注点引向这里，将文本作为例子先学，再读，再背诵，最后内化成自己的方法。"一课一得"的教学理念在这儿实现，"教育的目标是唤醒"，让我去唤醒他们的感知。想到这儿，我不由得激动起来。趁着这股灵感，我围绕这段话提出三个教学目标：首先根据这段文字，知道《月光曲》的节奏和曲调的变化。其次有感情地读这段文字，试着背诵。最后学习作者的写作方法，听《月光曲》，想象并试着创作。有了教学目标，我开始设计教学，我知道单凭自己的力量是远远不够的，我需要团队的协作，便将学校优秀的语文教师召集起来，给他们讲我的教学思路，开展集体备课，他们提出建议我再修改。用了整整一个下午的时间，课终于备出来了，我可以稍微松一口气了。

第二天，我将备好的课在自己班里试讲，听课的老师提出了不少问题。我虚心采纳大家的建议，再次修改。教学设计完善后，我又一次进行磨课。这次的教学更加细致，在一些细节问题的处理上，我下了很大功夫，尤其是试着与孩子们碰撞思想的火花，让课堂更真实，更走心。上完课，老师们普遍反映比昨天的那节课更好，但还是有许多地方需要改进，尤其是在课堂生成问题的处理上要更机智。有问题，有异议，再改，再细化，这种过程虽然是痛苦的，有时要面对性格直爽的老师不留情面的直接驳斥，自尊心受到了挫伤，但我仍要坚持。

充实的日子总是过得很快。月初，我们去了永靖县移民小学，早上第一节课由我上，地点在学校的多功能大厅。刚走进大厅，我被吓了一跳，听课的教师很多，除了本校的教师，还有来自附近学校的老师，我只听见自己的心怦怦直跳，得赶紧调整好状态，不能让听课的教师看出我的紧张。虽然我是小蝌蚪、青苹果，但是此时我就要变成青蛙，变成红苹果。加油！我深呼吸，微笑着看着大家，向他们热情地打招呼，与孩子们交谈着。看到他们的笑脸，听到他们说老师帅气，我不再紧张了，慢慢地融入了这个氛围。

上课铃声响了，我的课堂真正开始了。"孩子们，读完《月光曲》这篇课文，我所带班级的一位同学向我提出一个问题：虽然这篇课文的题目是《月光曲》，可是整篇课文没有一个段落讲到月光曲的旋律和曲调，是不是跑题了？"听完我的问题导入，孩子们满脸惊讶，但惊讶后却激起了他们的思考，很快就有同学就将目光锁定"皮鞋匠静静地听着……"这一段。我们一起品读，一起听《月光曲》，一起领悟文章的表达方法，一起提炼。

整个过程，孩子们很投入，我也很轻松。到练写环节，孩子们伴着《月光曲》的旋律，"沙沙"的书写声告诉我，他们已经脱离了文本，将自己置身于草原、森林、沙漠……我相信这种情感的体验是幸福的。最后一个环节——孩子们分享自己的作品。他们站在讲台上，朗朗的声音回荡在整个大厅里，飘进你的心里、我的心里……

"下课！"一个孩子跑上前，问我的QQ号；一群孩子跑上前，将我团团围住，问我的电话。此时的幸福真是溢于言表。"老师，原来语文课还可以这么上，这样的课堂可以将自己解放出来，更可以将孩子们解放出来。"一位40岁左右的女老师走到我跟前，紧紧握着我的手，我们快乐地交谈着。

返回学校，在送教总结会上，学校领导给予了我很高的评价。我知道，他们希望我成长，他们给予我更多的是鼓励，等待着"小蝌蚪变成青蛙，青苹果退去青涩"。当然，我已经做好了准备，因为我所做的一切是为了更好地遇见你。你是谁？不用我说，你也知道。

许伟：一级教师，任教于七里河区龚家湾第一小学，获兰州市"情境教育"基本功比赛三等奖，区"情境教育"基本功比赛一等奖，执教课例在区级"一师一优课、一课一名师"活动中被评为一等奖，两篇论文在省级刊物发表，荣获区级"教学新秀"、区级"骨干教师"称号。

幸福是什么

兰州市皋兰县石洞小学　邰尚珍

幸福是什么？不同的人有不同的回答，不同年代的人有不同的回答。

1979 年 2 月，和共和国同岁的父亲有了我。2005 年 2 月，我有了和新世纪一起成长的女儿。70 岁的父亲见证了共和国的成长，40 岁的我经历了改革开放，15 岁的女儿享受了新世纪的繁荣，我们三代人心中对"幸福"的定义是不一样的。

父亲眼中的幸福，是那份让他心里踏实的失地农民养老金，是那张让他老有所依的医保卡。大半辈子面朝黄土背朝天的父亲，在过年的时候总会回忆起年轻时骑着自行车，从百里之外的沙场赶回家过年的心酸往事。破旧的自行车吱吱扭扭地行进在回家的路上，承载着家人的期盼和希望。车把上挂着"年货"——两斤肉、两毛钱的酱油。而如今的生活，饭桌上每天都有肉，每顿饭都有不同的水果、蔬菜，每天都在过年。说到这里，我又想起了一个月前过世的外婆。外婆生前最大的愿望就是盼自己能活久一点，原因只有一个：赶上了这吃得好、穿得暖的新时代，她要多享一点福，年轻时挨饿受冻的罪，她可真是受够了。

此刻我坐在灯下写作，抬头环顾四周，女儿在书房里安静地学习，面前这幅出水芙蓉的壁画让我内心宁静。阳台上的绿植安静地生长，加湿器里的水蒸气自由地升腾，"嘶嘶"的响声毫不影响我思绪的流泻。改革开放让祖国的农村有了天翻地覆的发展和变化，农家孩子出身的我做了一名教师。国家的繁荣富强让我的生活衣食无忧，即使遇到荆棘坎坷也能够淡定从容地面对，我是幸福的。

思绪拉回了 1986 年的秋天。那年，作为村办小学第一届学前班的学生，哭着怎么也不肯进教室的我被一个高个子女老师领进了一间四四方方的房子。说是教室，可里面不见一张桌子、一条板凳，记忆中，面前只有一块用砖头搭起来的方方的板子。我和同龄的孩子围着那块板子站了一个上午，老师讲了什么，现在都记不清了，只记得当时心里很害怕，抬头看到的是抹了水泥并且坑坑洼洼的、新涂了墨汁的、不足一平方米的黑板。窗户纸被风吹得哗哗作响，纸旧得发黄，脚下地面踩起来的干土呛得人喘不过气。现在想来，那不是什么正规的教室，是学校老师们的简易体育活动室，那块板子是他们搭起来的简易乒乓球桌。由于是第一次招收学前班的孩子，学校还未能准备好像样的教室，筹备到能用的课桌椅。

　　后来上了小学，虽然有了课桌椅，但桌面都是凹凸不平的。写字时总要在下面垫上厚厚的一层书，不然一不小心就会把本子戳个洞。同桌两人，只要有一个人起身去交作业或是出去玩，同桌会立马"翻车"，因为是一条长板凳，一头失重，另一头必然会如跷跷板一样落下去，引发同学们的开怀大笑。而今，身为老师的我看到孩子们坐在温暖明亮的教室里学习，总会心生感慨，羡慕穿着各式棉服、皮肤白皙的他们赶上了好时代。充裕的物质生活让他们不必害怕，他们有的是平整的书桌，有的是温暖的教室，有的是各种色彩丰富的课外书，有的是幸福而又无忧无虑的童年……

　　晚上下班回家，女儿行云流水般的钢琴曲赶走了我一身的疲惫。我的女儿能从小学英语、练舞蹈、学钢琴，接受德智体美劳全面发展的教育，她是幸福的，我也是满足的。相比我的童年，她要幸福百倍、千倍。六一儿童节是一个绚丽多姿的节日，父母会竭尽所能地让孩子的节日与众不同。女儿的"六一"，表演不同的节目会有不同的服装，加上化妆费等，会有小一千的开销。记得小时候，每到"六一"，能干的母亲总会用平时收集的布料给我做成还算漂亮的花裙子，买一双两块钱的塑料凉鞋。这些于我

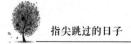

而言已经很不错了。相比我母亲，我又幸福百倍、千倍。因为在我母亲的童年里，是没有"六一"这一说的。

如今三代人坐在一起聊天时，我们谈得最多的话题就是感恩。感恩国家的繁荣昌盛，感恩党和政府的正确领导，感恩强大的祖国，让老人有所依靠，让年轻人有奋斗的目标，让孩子有美好的未来，让每一个中国人都幸福满满。

郜尚珍：1999 年 7 月参加工作，本科学历，一级教师，皋兰县优秀教师，皋兰县骨干教师，参与多项课题研究，所撰写的论文曾获得省市县各级奖项。"尊重生命，敬畏教育"是她对教育事业最高的追求和践行。

生命不息，灿烂如花

——赏《紫藤萝瀑布》一文教学有感

兰州新区秦川镇华家井小学　张芳林

我不是一个爱花的人，从来都不会刻意地留意哪一种或者哪一朵花的芳香，也从不为哪一朵花的艳丽而驻足，更没有被哪一种花打动过，偶尔遇见，也只是随意一瞥。而今天一堂有关花的课文的赏析，却让我对花有了别样的情愫：原来花语解人语。

今天去参加东方中学的各学科教学观摩活动，被初一十班的一堂语文课——《紫藤萝瀑布》所打动。文章精美的语句，教师精妙的设计，学生精彩的回答，无不令我折服。上课伊始，教师用平缓的语调回顾了"借物抒情"这一文章表达方法，自然地引入本节课的学习内容——一篇托物言志的散文《紫藤萝瀑布》，看似漫不经心，其实是独具匠心的安排，悄无声息地渗透了"托物言志"的概念。接着让学生读预习要求，明确学习目标，然后放手让学生自读文章，通过小组合作，划出引起自己共鸣的语句并进行赏析。学生经过充分阅读之后，开始了精彩的解说赏析。

一开始，我并不在意这篇文章，在意的是老师的教学理念和教学方法，而当一两个学生对紫藤萝花的颜色美、形态美以及带给自己独特的感受进行了精彩的赏析和声情并茂的朗读之后，我开始在意文章内容了。怎么会有如此优美的句子？怎么会有如此到位的赏析？怎么会有如此强烈的共鸣？于是，我拿过学生的教材辅助用书，细细品读了这篇文章。

这是宗璞写的一篇优美的散文。课题特别有韵味，"紫藤萝"点明文章的描写对象，"瀑布"用比喻的修辞手法说明了紫藤萝的繁茂，以及无止境的蓬勃生命力，让人不由得想起李白的诗句"飞流直下三千尺，疑是银河落九天"的壮美场面。回到眼前，你看，那开花的紫藤萝"像一条瀑布，从空中垂下，不见其发端，也不见其终极"，它泛着银光，响着欢笑，吐着芬芳，溅着水花，不停地生长着、流动着……这是开花的紫藤萝在整体上给人的美感——壮美。如果在局部，从一朵朵小花去看，就有所不同。你看，那"张满了帆"的紫藤萝花帆是小小的，"舱"是尖尖的。"帆"色上浅下深，过渡柔和；"船舱"贮满琼浆，闻之醉人。这是紫藤萝局部给人的美感——优美。作者就这样着眼于花瀑的繁茂，花穗的嬉闹，花朵的生机，将眼前生机勃勃的花和记忆中败落的花做了对比，感悟了人生之花。饱览全文，那花开花落，花衰花盛；那花色花香，花形花态；那花瀑花穗，花枝花朵，让人应接不暇，尽情欣赏。文中花的色泽、花的神采、花的气味、花的风韵，无不牵动着我的心。作者那看花的感受，想花的痛楚，颂花的生机，悟花的哲理，令人深深折服！使我不由得想了解更多有关这篇文章背后的东西。原来，紫藤萝的花语是醉人的恋情，依依的思念，对你执着，最幸福的时刻！

宗璞写这篇散文是为了怀念弟弟。人有不幸，而紫藤萝却在与死亡相隔一线之时，以顽强的生命力挺过一劫，存活下来。作者借助紫藤萝新生后的繁茂与蓬勃，表达了鲜活的生命带走了她心上关于生与死、手足情的焦虑与悲痛，带走了一切，使她获得了精神的宁静和生的喜悦。然而花的生命途径也并非一帆风顺，它和人一样，在历史的进程中遭遇着种种无可奈何的和人为歪曲的不幸。于是当作者从视觉描写转入味觉感应时，就自然地从空间描画转入时间的回顾，让人在紫藤萝命运的回溯中感到历史的沧桑。花开花谢联系着人生命运的浮沉，花荣花枯交结着时代社会的兴衰。至此，紫藤萝已不再是纯自然的生物，而是一个象征，它象征生命再生，象征时代更替，象征精神涅槃，象征美的不灭，象征心灵之花的重放。作者对紫藤萝瀑布的礼赞，是抒情主体的心灵之光对自然之象的烛照与感应，是她对生命活力的呼唤，是身心遭劫后寻求感奋勃兴的精神寄托，是人生在历史沧桑中解脱重负的心灵搏动。现在站在这形色味极美的花瀑前，她感悟到个体的生命是有止境的，生命的长河是无止境的。

所以，我们不能陷在个人的不幸中不能自拔，要学会和命运抗争，和困难斗争，要对生命的美好保持坚定的信念，只要生命不息，就会灿烂如花！

张芳林：1997 年 7 月参加工作，本科学历，一级教师，甘肃省农村骨干教师，兰州新区优秀班主任。主持和参与多项市级课题研究并获奖，撰写的多篇论文刊登于省市级刊物。"我每天都微笑着向快乐出发，因为前方有需要我传播快乐的人。"是她对教师工作执着的追求。

时光不语，静待花开

兰州市城关区华侨实验学校　王玲霞

　　说起我从业的渊源，那是一份从小就莫名树立起的崇拜感。孩提时就对教师有着无限渴望的我，从师范大学毕业后就义无反顾地参加了教师招考，于是，2013年，我加入了这个心仪已久的队伍。

　　怀揣着对教育事业满满的期待，但报到的第一天看到的却是理想与现实之间的差距。这就是我的第一所学校——城关区桃树坪小学。它是城关区最东边的一所学校，全校师生总数不过100人，而且生源多数为外来务工者的子女。由于处在学校原址还建时期，校舍都是彩钢房。而我接手的这个班，则是学校过渡时期由原来东岗小学的各个班级组合而成的。可以想象，对于刚参加工作满怀欣喜的我而言，来到这样一个环境中，带这样一个班，失望和压力有多大。甚至到现在我还清晰地记得，带着这个拼凑班在彩钢房里开始第一节课时，那忐忑不安的心情和孩子们脸上呈现的新奇感形成了多大的反差。虽然班上当时只有10个孩子，却多为外来务工者的子女，个性十足，不听管教、行为习惯差等问题总让班里状况百出，可以说，每个老师惧怕的学生问题，在我这儿都遇到了。

　　在这些单纯的孩子面前，生硬的教育理论是那么经不住考验。我不禁反思：这些孩子们真正需要什么样的教育？怎样才能让他们爱上学校生活？我的教育到底是为了什么？我要找到源头。于是我翻阅教育理论书籍，从经典的《论语》到现代教育专著，其中出现最多的便是"仁爱"。再看看老教师们，不也是为了孩子们尽心尽责，既来之则安之吗？自己真是目光短浅，并没有真正做到以生为本，在乎的还是学生的成绩。他们在我这里都成了学习机器，而且是不情不愿的半自动机器。要想改变孩子们，就得先从我这个当老师的做起。这一刻，耳边仿佛传来了一个声音："教育就是一棵树摇动另一棵树，一朵云推动另一朵云，一个心灵震撼另一个心灵。"虽然班上的孩子们都不起眼，各方面的表现也不尽人意，但作为班主任，我理应成为他们人生道路上的点灯人，让他们有选择地学习、生活，引导他们一步一个脚印，慢慢地成长。要用爱去守候，静待他们的绽放。

也许是从我改变的那一刻起吧，孩子们也在不知不觉间改变了，不仅能自主自觉地学习，还变得多才多艺，剪纸、航模、腰鼓……样样都熟能生巧。班上的学习氛围也越来越浓，这一切都让我感到欣喜。原本枯燥无味的校园生活，因为孩子们的到来而显得与众不同。

我的第一所学校朴实无华，这里的孩子们用自信和阳光给了我静待花开的回报，这种奇妙的感觉就像蜗牛的行走，无人知晓，可每走一步，留下的都是闪闪发光的足迹。它让我明白，教育是一种慢的艺术。

命运是一条不停流动的河。2017年9月，我来到了兰州华侨实验学校——这所博采众长的华彩之家，它让我看到了教育的另一个层面——华彩梦想，博采众长。在这里，我有了更大的发展机会以及信心和动力。

当第一次带着62张天真烂漫的脸庞步入求学之路时，我的兴奋与激动不言而喻。这是62个家庭给予我的厚望。此时的我不仅是一位班主任，更是他们人生道路上的领航者。

通过接触与沟通，我发现班上大多数孩子有娇生惯养、言行散漫的问题。于是我便以电话和家长来校活动等方式与家长们进行深入交流，找到了问题背后的答案：父母大包大揽，导致孩子自理能力低下。于是我利用学校的"亲子运动会"和"科技嘉年华"等活动，让孩子们自主行动，使家校合力、共赢共进的局面初具雏形。

如今班上的孩子们能自觉站好队伍，能自行组织阅读活动，我想，他

们会用自己的聪明才智绽放华彩梦想。

在不长的教学路上，我经历了两所学校，遇到了两类完全不同的孩子。桃小的朴实无华让我明白，教育不仅是为了让优秀的人更优秀，更应该让不完美变得完美；华侨的博大、包容使我明白，要让生命自由绽放，让孩子享受多彩童年。

教育的本质是纯粹的，它会让每一个生命在经历中沉淀属于自己的印迹。真正的教育从不是为谁而生，而是用心去浇灌，让你的课堂自然流淌出淡淡的人性美，让每一位学生能在多年后还记得教诲，让自己的梦想和孩子们一起，永远年轻、有活力……

时光不语，静待花开是最美的教育过程！

干玲霄：2013 年 10 月参加工作，本科学历，二级教师，城关区优秀班主任，城关区教学新秀。多次参加各级各类教学比赛，获得一、二等奖。积极参与个人课题的研究，撰写的论文多次刊登于省、市级刊物。她坚信：用爱与希望守护，会迎来静待花开的美好。